불교위인전 · 원효 성사

진흙 속에 피는 연꽃

이슬기 · 지음 한상린 · 그림

불광출판부

진흙속에 피는 연꽃

책 머리에

내가 감히 원효 성사의 일대기를 써 낼 수 있을까? 처음 시작하면서 글을 끝맺을 때까지 나는 공연히 조심스러웠었다.

우리 불교뿐만 아니라 이 나라 최대의 성인이라고 할 수 있는 분의 거룩한 일생을 보잘것 없는 내 글솜씨로 엮어 낸다는 것이 자꾸만 죄스럽기도 하고, 제대로 못하면 어쩌나 하는 걱정 때문이었다.

그러나 이 글이 어린 독자들 손에 들어가 이 땅에 불교를 심기 위해 애써 주신 분들을 이해하고, 나아가 그 분들이 있었기에 이 땅에 불교가 발전하고 오늘날까지 전해 내려올 수 있었다는 사실을 알게 된다면 다행이라는 생각에서 용기를 내어 봤던 것이다.

신라 땅에 불교의 씨앗을 심은 분이 이차돈 스님이라면 불교가 뿌리를 내릴 수 있도록 평생을 바친 분이 바로 원효 성

사이다. 그 당시 삼국으로 갈려져 있던 나라 형편으로는 청소년들의 최대의 꿈이 화랑이 되는 것 이었고, 원효 성사 는 마땅히 화랑이 될 수도 있었다.

그러나, 그의 가슴에 일고 있는 여러 가지 번뇌는 끝내 집을 떠나 머리를 깎고 부처님의 제자가 되도록 만든다.

깨달음을 향한 그의 노력은 대단했다.

마침내 그는 크게 깨달았고, 백성들에게 불법을 펴기 위해 거리로 나선다.

그는 잘 먹고 잘 입고 호강하는 사람들보다는 헐벗고 굶주리고 병든 사람들을 찾아가 그들의 고통을 어루만져 주고 희망을 갖게 해주는 일로 평생을 바친다.

문둥병자의 손도 선뜻 잡아 만신창이가 된 그들의 몸과 마음의 병을 치료해주고, 남들이 모두 꺼리는 땅꾼들, 거지들과

도 같이 먹고 생활   한다. 마침내 불
법이 뭔지도 모르던   가난하고 무지한
사람들도 불법을 이해   하고 불법의 가르
침대로 살아가게 된   다. 이 땅에 사는
백성들 마음 속에 불법이 자리하게 된 것이다.

　어렵게 사는 사람들에게 꿈을 주고 희망을 주는 일로 평생
을 바친 원효 성사, 이보다 더 거룩한 삶이 또 있을까?

　원효 성사의 일대기를 정리하면서 보다 많은 어린 불자들이
이 글을 읽어보고 어떻게 살아가는 것이 가치있는 삶인가를
깨달았으면 하고 기원해 본다.

　나무관세음보살

불기 2538년 부처님 오신 날에

이 슬 기

목차

별의 탄생

"으악!"

깊이 잠이 들었던 설 담날은 옆에서 자던 부인이 지르는 소리를 듣고 눈을 번쩍 뜨면서 벌떡 일어나 앉았다.

그 때까지 부인이 소리를 지르며 두 팔로 허공을 휘젓고 있었다.

"여보. 왜 그러시오? 응?"

설 담날은 부인의 가슴을 흔들어 깨웠다.

그제서야 부인이 비명을 멈추면서 눈을 떴다.

"왜 그러오? 응?"

설 담날이 물었지만 부인은 한참 동안이나 눈을 휘둥그렇게 뜨고 허공을 바라보고 있었다.

얼굴이 창백하게 질려 있었고 몹시 놀란 사람의 눈빛을 하고 있었다.

"왜 그러시오? 무슨 좋지 못한 꿈이라도 꾼 모양이구려?"

설 담날은 부인을 돌아보며 다시 물었다.

잠시 가만히 허공을 바라보고 있던 부인이 조금 후에 정신을 가다듬었다.

"꿈을 꾸었나 봐요. 그런데 나으리께서는 왜 일어나 계셔
요?"

"당신이 지르는 비명 소리를 듣고…."

"어머, 제가 소리를 질렀나요?"

부인이 부시시 일어나 앉으며 두 손으로 이마에
흐트러진 머리칼을 쓸어 올렸다.

"그렇지 않았으 면 내가 왜 일
어났겠소?"

설 담날이 빙그레 웃었다.

"미안하와요. 단잠을 깨시게 하여서…."

"일부러 그런 것이 아니니 미안해할 것은 없소. 그렇지만,
무슨 꿈을 꾸었기에 그토록 큰 소리를 질렀소?"

"이상한 꿈을 꾸었습니다."

"무슨 꿈을 꾸었기에?"

"밤에는 꿈 얘길 안 한다 하옵는데 어찌하지요?"

"다른 사람에게라면 모르지만 당신과 나 사이인데 그런 게
무슨 상관이오? 걱정하지 말고 얘기해 보시구려. 뭣 때문에 그
토록 소리를 지르도록 놀랐는지."

"정 그러시다면…."

부인은 마른 침을 꿀꺽 넘기고 나서 천천히 꿈 이야기를 시
작했다.

집 뒷뜰이었다.

뜰에 활짝 핀 살구꽃이 봄바람을 타고 구름 송이처럼 일렁거

별의 탄생

리고 있었다. 너무나 아름다웠다.

가슴이 설레여 견딜 수가 살그머니 뜨락으로 내려 꽃잎 몇 장이 하늘하늘 떨어져

살구꽃 뒤쪽 하늘에는 별들이 총총히 떠서 저마다 맑고 푸른 빛을 내며 깜빡이고 있었다. 찬란한 별빛이었다.

부인은 두 손을 모았다.

그리고 머리를 들어 북쪽 하늘 가에 밝게 빛나는 북두 칠성을 향하여 가만가만 중얼거렸다.

"설씨 댁에 아기 하나만 점지해 주옵소서."

부인의 낭랑한 목소리는 맑은 하늘로 퍼져 나갔다.

그 때였다.

별안간 하늘에 총총히 떠 있던 별들 중에서 밝고 큰 별 하나가 쏜살같이 땅으로 내려 오더니 부인의 몸으로 달려드는

없어서 부인은 섰다. 바람에 내렸다.

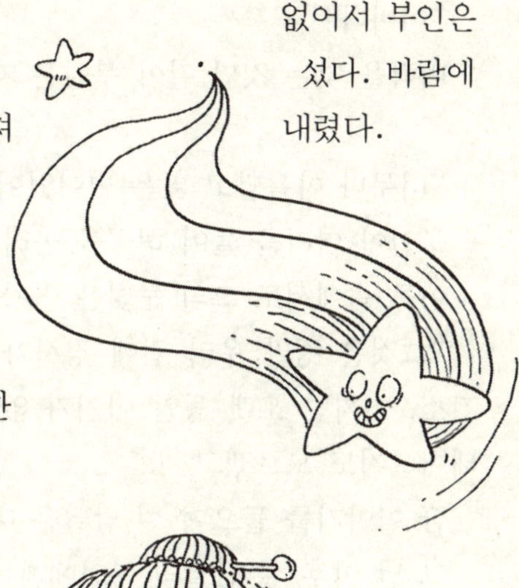

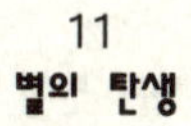

별의 탄생

것이었다.
"어마나!"
벼락을 맞는 것만 같아 부인은 자기도 모르게 소리를 질렀다.

"너무나 아름답고 밝은 별이었어요."
부인이 머리를 들어 허공을 올려다 보았다.
어둠 속에서도 그의 눈빛은 별처럼 빛나고 있었다.
"그것은 정말 우리 집에 경사가 생길 것 같은 좋은 꿈인 것 같소. 어쩌면 오랫 동안 아기가 없었던 우리 집에 귀한 자식이 태어날지도 모르겠고…."
꿈 이야기를 들으며 설 담날은 다시 한 번 빙그레 웃었다.
그 날 이후 설 담날의 부인에게는 태기가 있었다.
설 담날의 아버지 잉피공은 며느리가 아기를 배었단 말을 듣고 더없이 기뻐했다.
더욱이 설 담날의 부인이 꾼 꿈 이야기를 듣고는 더욱 더 기뻐했다.
"꿈이라는 것이 다 믿을 것은 못 되지만 그래도 그 꿈은 심상한 꿈이 아닌 것 같다. 자손이 귀한 우리 가문에 별의 정기를 받은 훌륭한 아기가 태어날 것 같은 꿈이니 몸을 소중히 가지도록 하여라."
설 담날의 아버지는 몇 번이고 당부를 했다.
한 달, 두 달이 지나고 열 달째가 되자 잉피공은 아들을 불렀다.
"얘야!"
"예. 아버님."

“며늘 아기를 데리고 며늘 아기의 친정으로 가거라. 첫 아기를 가진 아녀자는 친정 어머니가 옆에 있으면 아무래도 마음이 편하고 든든해 진다더라.”

“예. 분부대로 하겠습니다.”

“딸이면 어떠랴만 아들을 낳아 줬으면 얼마나 좋으랴.”

“저도 매일 밤 산신님께 기도를 드리고 있습니다.”

이튿날 새벽 설 담날은 부인과 함께 길을 나섰다.

두 명의 하녀가 그 뒤를 따랐다.

설 담날의 집인 압량군 불지촌에서 북쪽에 있는 밤나무가 우거진 골짜기를 넘어서 십 리쯤 가면 부인의 친정이 있다.

설 담날과 두 하녀는 그렇지 않았지만, 만삭이 된 부인은 걸음을 제대로 걷지 못했다.

몸이 무겁고 숨이 차서 길이 조금만 비탈져도 걷는 데 힘들어했다.

집에서 골짜기까지 오는 동안 몇 번이나 쉬었는지 모른다.

“이럴 줄 알았으면 며칠 전쯤 일찍 서둘러 떠날 걸. 내가 미처 그 생각을 못해서….”

설 담날은 괴로워하는 부인의 모습을 보기가 안타까웠다.

“염려 마셔요.”

부인은 민망히 여기는 남편의 마음을 오히려 위로하고 있었지만, 여전히 숨을 헉헉 몰아 쉬었다.

그리고 이마에 송알송알 맺히는 땀방울을 연신 소매끝으로 찍어 냈다.

가끔씩 괴로움을 참느라고 얼굴까지 찡그렸다.

밤나무가 줄로 늘어선 골짜기까지 왔다.

"아이구, 힘들어."

부인은 그만 밤나무 그늘이 있는 땅바닥에 털썩 주저앉고 말았다.

"아이구, 마님…."

부인을 부축하고 오던 하녀들은 깜짝 놀라 보퉁이를 풀어 부인이 깔고 앉도록 했다.

"으윽…."

땅바닥에 앉은 부인의 입에서는 아픔을 참지 못하는 신음 소리가 새어 나왔고, 고운 얼굴은 아픔을 이기지 못해 잔뜩 찡그려졌다.

"아니, 여보!"

설 담날은 낭패한 얼굴빛으로 눈을 크게 뜨고 들여다 보았다.

"아이구구! 더 이상, 더 이상 못 움직이겠어요."

부인은 비명을 지르며 하녀의 손을 움켜 잡고 몸을 부르르 떨었다.

아픔이 시작되었다.

"큰일 났습니다. 산기가 계시옵니다."

하녀가 설 담날에게 떨리는 목소리로 말했다.

"뭐라구? 아이구, 이런 낭패가 있나? 여긴 숲 속인데, 숲 속에서 어떻게…."

설 담날은 어쩔 줄을 몰랐다.

하녀들의 얼굴에도 불안과 초조한 빛이 흘렀다.

그 사이에도 부인의 입에서는 신음 소리가 연이어 터져 나왔다.

별의 탄생

별의 탄생

“아이구, 내 손 좀…. 내 손 좀….”

부인은 두 하녀에게 몸을 기대며 몸을 비틀었다.

설 담날은 재빨리 웃옷을 벗어 밤나무 가지에 걸어 부인의 몸을 가렸다.

잠시 시간이 흘렀다.

“응아, 응아.”

설 담날의 옷으로 아늑하게 가려진 밤나무 아래에서 우렁찬 아기의 울음 소리가 크게 울렸다.

“어떠냐? 마님은? 아기는?”

두 손을 모아 쥐고 초조하게 기다리던 설 담날은 옷으로 가려진 안쪽을 향해 고개를 들었다.

“앗! 이 게 어찌된 일인가?”

고개를 들고 안 쪽의 동정을 알아 보려던 설 담날은 깜짝 놀라 눈을 휘둥그렇게 떴다. 아기의 울음 소리가 나자마자 무지개 같은 오색 빛깔의 구름이 밤나무 숲 골짜리를 자욱하게 뒤덮어 내리고 있었던 것이다.

어디서 시작했는지 모를 오색 구름은 뭉클뭉클 아래로 내려 왔다.

천천히, 아주 천천히.

찬란한 오색 구름은 금방 자신이 서 있는 발 아래까지 내려 와 밤나무 골짜기를 뒤덮으면서 사방으로 퍼져 나갔다.

“어쩜, 이렇게 아름다운 구름이….”

설 담날은 잠시 부인이 아기를 낳았다는 사실까지도 깜빡 잊어 버리고 정신없이 구름이 움직이는 것을 지켜 보았다.

“삐삐삐릿, 삐리리릿….”

“뾰루루 뾰루루….”

부리와 털빛이 고운 새들이 밤나무 가지 사이로 날아다니며 노래를 불러댔다. 짙은 꽃내음이 코를 찔렀다.

기분이 무어라고 말할 수 없을 정도로 황홀했다.

저절로 고개가 숙여졌다.

“응애, 응애.”

아기가 또 한 차례 우렁차게 울어제꼈다.

“나으리, 사내아이이옵니다.”

하녀 하나가 소리를 질렀다.

“오, 그래?”

그제서야 설 담날은 정신을 차렸다.

골짜기를 덮었던 오색 구름은 스르르 사라지기 시작했다.

‘어쩌면 석가모니 부처님의 탄생과 비슷한 게 아닐까?’

설 담날은 이렇게 생각하면서 스스로 깜짝 놀랐다.

석가모니 부처님의 탄생에 대한 이야기는 설 담날도 언젠가 어렴풋이 들은 적이 있었다.

아기를 낳을 때가 다 된 마야 왕비는 곧 친정으로 떠날 차비를 차렸다.

“조심해서 다녀 오시오. 내 뒤를 이어 이 나라를 다스려 줄 왕자를 낳아 주면 더욱 좋겠소.”

정반왕은 왕비를 황금 수레에 태워 친정으로 떠나게 했다.

시녀와 시종, 그리고 호위 병졸들을 합쳐서 오백 명이나 되는 큰 행렬이었다.

말을 부리는 마부들은 행여나 마야 부인이 불편할세라 조심조심 말을 몰았다.

대궐을 떠난 수레는 큰 길을 벗어나 천천히 숲 사이로 난 길을 달려 나갔다.

따가닥, 따가닥….

따가닥, 따가닥….

백설처럼 하얀 말들이 여유 있게 움직였다.

숲 사이에 룸비니 동산이라고 하는 유명한 꽃 동산이 있었다.

아름다운 동산이었다.

눈을 황홀케 하는 수만 가지의 아름다운 꽃들이 내뿜는 향기가 가슴을 정신없이 흔들어 놓았다.

벌들이 잉잉거리며 날갯짓을 하면서 꿀을 모으고 있었고, 온갖 아름다운 날개를 가진 나비들이 이 꽃 저 꽃 사이로 날아다니며 춤을 추고 있었다.

호리호리호잇….

삐리리리리, 삐삐…

예쁘게 생긴 작은 새들이 즐겁게 노래를 부르며 파란 하늘을 휩쓸고 있었다.

"꽃 향기가 너무 아름답구나. 잠깐 쉬었다 가자."

수레에서 바깥을 내다보던 왕비가 커튼을 젖히며 말했다.

명령을 들은 마부가 말을 멈추게 했다.

왕비는 시녀들의 부축을 받으며 조심스레 수레에서 내렸다. 그리고는 곧장 동산 안으로 들어 갔다.

“어쩜, 이렇게 빛깔이 고울까? 향기도 아름답고…. 어머, 저 나비는 이름이 뭐냐? 날개가 너무 곱구나.”

왕비의 입에서 연신 감탄사가 튀어 나왔다.

왕비는 꽃가지를 다칠세라 천천히 꽃과 꽃 사이를 거닐었다. 긴 치맛자락이 풀밭 위로 사그락사그락 끌려 왔다.

“으, 으아….”

꽃송이를 만져도 보고, 꽃송이에 코를 가까이 하여 향기를 맡아도 보고, 나비와 벌이 춤추며 노는 모양도 바라보면서 거닐던 왕비가 갑자기 주저앉았다.

아랫배가 아파 왔기 때문이었다.

“어머나, 마마!”

깜짝 놀란 주위의 시녀들이 달려와 왕비를 부축했다.

“아이구, 배야, 어머니…!”

왕비의 입에서 신음이 튀어 나왔다.

“마마, 정신차리시옵소서.”

“안 되겠다. 아무래도 왕비님께옵서….”

나이 많은 시녀들은 재빠른 솜씨로 서둘러 임시 산실을 만들게 했다.

수레를 호위하던 병사들이 수레에 실었던 각종 옷감들을 내려 산실을 만들었다.

룸비니 동산 꽃밭 한 가운데에 금방 폭신폭신한 자리가 깔려져 있는 화려한 산실이 만들어졌다.

왕비는 시녀들의 부축을 받아 꽃내음으로 둘러싸인 산실로 들어 갔다. 가지가지 꽃에서 풍겨 나오는 향기 그윽한 꽃밭에서

작은 새들이 즐겁게 노래하는 산실에선 이윽고,

"응애, 응애!"

하고 우렁찬 아기의 울음 소리가 들려 나왔다.

뒤미쳐 한 사람의 시녀가 산실 밖으로 뛰어 나왔다.

"왕자님이시오."

이 말을 들은 수 많은 시종들은 하나같이 싱글벙글 웃는 얼굴로 기뻐했다.

"아! 즐거운 일이다."

"축복할 일이다."

"이 기쁜 소식을 빨리 임금님께 아뢰러 가자."

하얀 코끼리가 하늘에서 날아 내려와 옆구리로 들어가는 꿈을 꾸고 난 다음에 가졌던 왕자는 이렇게 해서 이 세상에 태어난 것이었다.

신라 제 26대 임금인 진평왕 37년, 서기 617년 봄이었다.

설 담날은 서둘러 부인과 아기를 데리고 다시 본집으로 돌아왔다.

그런데, 마야 왕비가 석가모니를 낳고 이레 만에 돌아가신 것처럼 설 담날의 부인도 아기를 낳자마자 세상을 뜨고 말았다.

그래서 아기는 이 세상에 태어나서 엄마 젖 한번 제대로 못 먹고 고생스럽게 자라야 했다. 거기에다가 아버지 설 담날마저 아기가 태어난 지 얼마 되지 않아서 낭비성 전투에서 전사를 했다.

그 바람에 아기는 할아버지의 손에서 길러졌다.

할아버지 잉피공은 아기의 이름을 서당이라고 지었다.

천만 다행인 것은 서당은 어릴 때부터 남달리 몸집이 컸고 머리 또한 총명했다.

서당은 다섯 살 때부터 할아버지 잉피공에게서 글을 배웠다.

서당은 하나를 가르치면 글자 한 자 한 자가 지니고 있는 뜻을 스스로 터득하여 두 셋을 깨우치곤 했다.

그렇지 않아도 하나밖에 없는 손자였는데다가 서당이 너무도 총명하게 글자를 깨치게 되자 할아버지 잉피공은 서당을 몹시 사랑하고 귀여워했다.

할아버지 잉피공은 서당을 글공부만 하는 사람으로 키우지 않았다.

잉피공은 늘 화랑도의 정신을 크게 찬양하고 있었기 때문에 서당도 그런 사람으로 커 주기를 원하고 있었다.

그 당시 신라에선 화랑도를 모르는 사람이 없었고, 사내아이로 태어나면 누구나 이 화랑도에서 심신을 단련하는 것을 영광으로 생각하고 있었다. 부모 또한 자기 자식이 화랑도에 들어가 공부하는 것을 원했고, 기회만 있으면 화랑으로 키웠다.

화랑을 위하여

그 무렵 나라 사정으로는 북쪽에 고구려, 서쪽에 백제가 있어, 이 세 나라는 자기 나라의 세력을 키워 나가기 위해 끊임없이 서로들 싸우고 있었다.

같은 조상인 단군의 핏줄을 받은 백성들이면서도 따로따로 나라를 세워 으르렁거리고 싸웠던 것이다.

국경 근처에서는 하루도 싸움을 안 하는 날이 없었고, 근처에 사는 백성들은 하룻밤만 자고 나면 나라가 바뀌는 일이 허다했다.

밀고 밀리는 싸움에서 서로 지지 않기 위해서, 나아가서는 다른 두 나라를 쳐서 이겨 한 나라로 만들기 위해 무척 애를 쓰고 있었다.

원래 신라는 세 나라 중에서 가장 늦게 나라가 세워졌고, 힘도 가장 약한 나라였다.

그러다 보니 언제나 당하는 신세가 되었다.

'이래서는 안 된다. 우리도 더 이상 당하지 말고 스스로 힘을 길러 그들의 세력에 맞서 보자.'

이렇게 생각하고 만들어 낸 제도가 바로 화랑도 제도였다.

총명하고 잘 생기고 뜻이 깊고 재주가 뛰어난 젊은 사내를

골라서 '화랑(화랑도의 우두머리)'으로 삼고, 그 밑에 15세 전
후의 많은 소년들을 낭도로 삼아 언제나 단체활동을 하게 했다.

　　나라에 충성하고,
　　부모에 효도하며,
　　벗과 사귈 때에는 믿음으로 사귀고,
　　생명이 있는 것들은 가려서 죽이고,
　　싸움터에 나아가서는 물러서지 않는다.

　이것은 화랑도들이 지켜야 할 다섯 가지 계율이었다.
　화랑도들은 주로 경치 좋은 곳을 찾아 야영생활을 하면서 글,
노래, 춤, 인간이 지녀야 할 바른 정신, 튼튼한 몸, 그리고 무
예를 익혔다.
　잉피공은 화랑 중에서도 늘 마음 속으로 평소 존경하던 김유
신을 생각하고 있었고, 서당으로 하여금 김유신 못지 않은 화랑
으로 키워야겠다고 마음먹고 있었다.
　"우리 서당이는 확실히 훌륭한 화랑이 될 것이다. 그렇지?
기왕이면 김춘추 공이나 김유신 장군 같은 화랑이 되어 나라의
기둥이 되거라."
　서당에게 학문과 무예를 익혀 주면서 할아버지는 틈나는 대
로 김유신이나 김춘추 이야기를 들려 주곤 했다.

　김유신 장군은 서당보다 22년 전인 진평왕 17년에 아버지
서현 장군과 어머니 만명 부인 사이에서 태어났다.

김유신 장군의 아버지 서현도 훌륭한 장군이었다.

벼슬이 신라에서는 세 번째인 '소판'이라는 자리에 까지 올랐고, 대양주 도독으로서 군사들을 거느리고 있었다.

할아버지 되는 무왕도 장군이었다.

그는 신주도항군 총관으로 일찍이 군사를 거느리고 백제를 쳐서 만 명의 적병을 무찔러 용맹을 떨친 장수였다.

원래 김유신은 신라 사람이 아니라 가락국의 사람이었다.

가락국의 시조인 김수로 왕의 9세손인 구해왕 때에 가락국이 신라에 합쳐지게 되는 바람에 신라 사람이 되었는데, 그 구해왕이 바로 김유신 장군의 증조 할아버지였던 것이다.

이러한 전통이 있는 집안에서 김유신이 탄생한 것이다.

김유신이 태어났을 때는 신라가 매우 어려운 때였다.

진평왕의 할아버지인 진흥왕 때에 신라는 크게 발전을 해서 우리 나라의 중심지인 한강 유역까지 차지하게 되었다.

그 바람에 북쪽에 있는 고구려는 물론, 그 때까지도 동맹국으로 지내던 백제와도 의리를 상하게 되어 두 나라는 때때로 신라를 쳐들어 와서 싸움이 그칠 날이 없었다.

한 나라가 두 나라를 막아 내기란 여간 어려운 일이 아니었다.

그러기 때문에 신라로서는 훌륭한 장수와 위대한 정치가가 나서지 않으면 안 되게끔 나라 형편이 되어 있었다.

이 때 나타난 사람이 바로 김유신 장군과 정치가 김춘추였다.

김유신은 열 다섯 살이 되던 해에 화랑으로 뽑혔다.

김유신은 워낙에 지혜와 무예, 인격이 뛰어났기 때문에 많은 청소년들이 김유신의 낭도로 모여 들었다.

이 무렵 신라 사람들은 미륵 부처님(미래 세상에 이 땅에 나타나 많은 사람들을 가르치고 깨우쳐 주는 부처님)을 크게 믿고 있었는데, 세상 사람들은 김유신을 미륵 부처님이 세상에 태어난 것이라고 떠들었다.

그래서 김유신을 따르던 무리들을 세상 사람들은 '용화향도'(미륵 부처님의 제자들)라고 부르기도 했다.

김유신이 열 일곱 되던 해였다.

'고구려, 백제 두 나라가 끊임없이 우리 신라의 땅을 짓밟으려는 것을 어찌 그대로 보고 있을 수 있으랴? 몸과 마음을 닦아 이 나라의 기둥이 되리라.'

그는 이런 생각을 하고는 곧장 집을 떠나 남악의 석굴로 들어가서 몸과 마음을 가다듬는 수도를 했다.

석굴 속으로 들어 간 김유신은 매일같이 몸을 깨끗이 닦고, 하늘을 우러러 맹세하며 간곡히 기원을 드렸다.

"이웃에 있는 두 나라가 무도하고 포악해서 툭하면 우리 신라를 침범해 옵니다. 그러하옵기에 저희 신라는 평안한 날이 없사오며 백성들은 늘 불안 속에서 떨며 지내고 있사옵니다. 이 몸에게 힘과 슬기를 주시옵소서. 비록 미약한 몸이오나, 힘과 재주를 다하여 우리 신라의 어려움을 없애고, 평안한 나라를 만들어 보고자 하옵니다. 부디 굽어 살피시어 저에게 힘을 주옵소서."

며칠 동안을 계속해서 김유신은 기도를 올렸다.

그러던 어느 날이었다.

그 날도 다른 날과 마찬가지로 새벽 일찍 일어나 흐르는 물에 목욕을 하고 밝아오는 동녘 하늘을 향해 무릎을 꿇었다.

희뿌연 아침 안개가 자욱한 하늘을 열면서 불그스름한 기운이 어둠을 서서히 밀어내고 있었다.

언제나 느끼는 아침의 신비.

산 허리를 감도는 안개 자락이 걷히면서 오늘도 어제처럼 그렇게 날이 밝아오고 있었다.

산 아래는 구름 바다였다.

막 돋아오는 햇살 기운을 받아 구름 바다는 오색으로 출렁거렸다.

가슴이 뛰었다.

가슴에서 끓어 오르는 피의 꿈틀거림이었다.

"…지금 우리 신라는 가장 힘든 때이옵니다. 이 몸에게 힘과 슬기를 주시옵소서. 비록 미약한 몸이오나, 힘과 재주를 다하여 우리 신라의 어려움을 없애고, 백성들이 평안하게 살아갈 수 있는 나라를 만들어 보고자 하옵니다. 저에게 힘과 용기를 주시옵소서…."

김유신은 조용히 눈을 감고 간절한 기도를 시작하였다.

얼마나 지났을까?

갑자기 김유신의 눈 앞이 환하게 밝아졌다.

김유신은 깜짝 놀라 눈을 번쩍 떴다.

김유신 앞에 흰 옷을 입은 한 노인이 서 있었다.

발 아래가 하얀 구름으로 덮여 있어 흡사 구름을 타고 있는 것 같았다.

"이 곳은 독사와 맹수가 우글거리는 곳인데 어린 소년이 무슨 이유로 와 있는고?"

노인이 허연 수염을 나부끼며 엄숙한 목소리로 물었다.

김유신은 눈 앞에 서 있는 노인이 예삿분이 아님을 알고 벌떡 일어나 큰 절을 했다. 그리고 무릎을 단정하게 꿇고 앉았다.

"지금 나라의 형편이 무척 어려워 진정 어떻게 나아가야 할지 모르고 있사옵니다. 저에게 힘과 슬기를 주셔서 고구려와 백제를 합쳐 이 나라를 통일하여 다시는 이 땅에 같은 민족끼리 서로 싸우고 피를 흘리는 일이 일어나지 않도록 해 주시옵소서."

김유신은 또렷한 목소리로 간절하게 애원을 했다.

"삼국을 통일하여 이 나라에 다시는 같은 민족끼리 피를 흘리는 일이 일어나지 않도록 해야겠다는 네 뜻은 더없이 장한 일이다. 그러나 그 같은 큰 일을 하려면 말할 수 없을 만큼 괴로움을 당해야 하고, 때로는 목숨까지도 바쳐야 되는 일인데, 그래도 하겠느냐?"

노인은 강한 눈빛으로 김유신의 얼굴을 내려다 보며 다짐을 하듯이 물었다.

화랑을 위하여

"그 정도의 각오 없이 어찌 이런 산 속으로 들어 왔겠습니까? 어떤 어려움도 감수해 낼 각오가 되어 있습니다."

김유신의 목소리 속에는 비장한 각오가 서려 있었다.

"네 뜻이 그렇다면 내가 그 방법을 일러 주겠노라."

"감사하옵니다. 스승님!"

김유신은 벌떡 일어나 노인에게 세 번 절했다.

그 날부터 김유신은 이름 모를 노인에게서 여러 가지의 무예를 익히게 되었다.

노인의 가르침은 대단히 엄격했다.

체력 훈련부터 시작되었다.

"몸이 단단하지 못하면 아무리 좋은 기술이 있어도 써 먹지 못하는 법…."

나무가 우거진 산 속을 노루나 사슴같이 빨리 달리는 법, 수십길 벼랑에서 가볍게 뛰어 내리는 법, 높은 절벽으로 재빠르게 기어 오르는 법…. 힘은 들었지만 노인이 가르쳐 주는 방법대로 몇 번이고 반복하다가 보면 자연스레 몸이 가벼워지는 그런 기술을 익힐 수가 있었다.

몸을 단련하고 나서는 적과 싸워 이기는 기술을 배우게 되었다.

단 둘이서 맞서서 싸울 때, 칼 쓰는 법, 창 쓰는 법, 여러 사람에게 둘러 싸였을 때 싸우는 법, 창을 화살처럼 던져서 적의 가슴을 꿰뚫는 법도 배웠다.

그리고 돌을 던져 적의 머리를 맞추는 법, 활 쏘는 법, 말 달리는 법도 배웠으며, 진 치는 법, 공격과 후퇴하는 법, 부하 장병이 다쳤을 때 응급 치료하는 의술도 배웠다.

"도저히 대적할 수 없는 적을 만났을 때는, 그저 싸우려고만 해서는 안 된다. 그럴 때는 깜쪽같이 몸을 숨겨 적을 피해야 한다."

노인은 이렇게 말하고 흙을 던져 적의 눈을 가리게 하는 법, 거울이나 칼 끝의 빛을 비쳐 적의 눈을 부시게 하는 법, 눈 깜짝 하는 사이에 나무 위로 올라가 몸을 숨기는 법 따위를 가르쳐 주었다.

날마다 일어나면 반복되는 무예와 전술 훈련….

김유신은 게으름을 피우지 않았다.

아니, 노인이 가르쳐 주는 기술에다가 나름대로의 방법을 터득하여 익혀 나갔다.

무예는 날이 갈수록 늘어 갔다.

이 같은 여러 가지 무예와 전술을 배우고 익히는 동안에 반 년이란 세월이 흘렀다.

어느 날이었다.

그 날도 새벽 일찍 일어난 김유신은 새벽 공기를 마시면서 몸을 씻었다.

계곡으로 흐르는 물은 한 겨울 얼음만큼 찼지만 이제는 웬만큼 단련이 된 몸이라 오히려 시원했다.

목욕을 마친 유신은 재빨리 몸을 날려 훈련장에 도착했다.

그 시간에 맞춰 노인이 굴에서 나왔다.

"유신아, 너의 무예는 그만하면 도의 경지에 이르렀으니, 이제 나로서는 너에게 더이상 가르칠 것이 없다. 그만하면 네 소망을 이룰 수 있을 만큼 되었으니 산에서 내려 가거라."

지팡이를 굳게 잡은 노인이 허연 수염을 바람에 나부끼면서 엄숙하게 말했다.

"아닙니다. 스승님, 아직 모자란 점이 너무나 많사옵니다. 좀 더 가르침을 주시옵소서."

김유신은 깜짝 놀랐다.

김유신은 노인 앞에 털썩 무릎을 꿇고 앉으며 좀 더 가르쳐 줄 것을 애원해 보았다.

"도란 모자라면서 아는 척해서도 안 될 것이며, 너무 넘쳐서 자신이 감당하지 못할 정도가 되어서도 아니 되는 법, 이 산에서 배우고 익힌 바를 삼가 함부로 딴 사람에게 전하지 말라. 또한 무예는 옳은 곳에만 써야 의가 되는 법이지 만약에라도 옳지 못한 일에 쓰면 도리어 화를 입게 될 것이로다."

말을 남긴 노인은 홀연히 사라져 버렸다.

김유신이 깜짝 놀라 사방을 둘러 보니 산 꼭대기에서 하늘로 오색 빛깔이 찬란하게 빛나고 있었다.

세월은 바람처럼 흘렀다.

서당의 나이가 열두 살이 되자 할아버지 잉피공은 손자 서당을 훌륭한 스승이 많은 서라벌로 보내어 공부를 시켜야 되겠다고 생각했다.

"서당아, 나는 네가 김유신 같은 훌륭한 화랑이 되기를 기원하고 그렇게 키웠다. 이제는 네 나이 열두 살. 그쯤 되었으면 화랑도에 들어가 공부를 해도 될 나이가 되었으니 어떠냐? 서라벌로 가서 공부를 하는 것이."

"예, 할아버지. 떠나겠습니다."

서당으로서도 무척 가 보고 싶어 했던 서라벌이었다.

평소에 다녀온 사람들에게 들어 왔던 왕궁이 있고, 그림 같은 기와집들이 일렬로 늘어서 있으며, 온갖 사람들이 모여 법석대는 서라벌.

서당의 머리 속에는 벌써 서라벌의 거리 모습이 그려졌다.

할아버지 곁을 떠나는 것은 가슴 아픈 일이지만, 어차피 해야 할 공부이고 보면 한시 빨리 서라벌로 가 보고 싶었다.

할아버지는 서당을 데리고 서라벌로 올라 왔다.

과연 서라벌은 듣던 말과 같았다.

거리도 번화했고, 사람도 많았으며 집들도 많았다.

그 많은 집들이 모두가 큰 기와집이었다.

할아버지는 곧장 사방을 수소문해서 아이들을 뽑아 화랑으로서의 자질을 가르치는 도장으로 찾아갔다.

문누라는 사람이 경영하는 도장이었다.

널찍한 마당으로 들어서자 이미 훈련을 받고 있는 젊은이들의 우렁찬 기합 소리가 들려 왔다.

마당 저쪽에서 서당 나이 또래의 젊은이들이 무예를 익히고 있었다.

목검을 잡고 검술을 익히는 모양이었다.

"이얍!"

"얏!"

기합 소리와 함께 몸들이 날렵하게 움직여지고 있었다.

한참 동안 그들의 하는 동작을 보고 있던 서당은 두 주먹을 불끈 움켜 쥐었다.

화랑을 위하여

안으로 들어 갔다.

"어서 오십시오."

도장 책임자 문노가 할아버지와 서당을 안내했다.

할아버지는 찾아온 이유를 설명하고 서당을 부탁한다고 말했다.

"네, 잘 오셨습니다. 이곳은 장차 우리 나라를 짊어질 기둥과 대들보를 기르는 곳입니다. 젊은이들의 몸과 마음이 튼튼하고 바로 되어야 나라가 단단해 집니다. 아시다시피 이 곳에서는 오계와 삼덕을 바탕으로 글 공부도 하고, 무술도 배우며 장차는 나라와 민족을 위하는 마음과 큰 뜻을 위해 몸과 마음을 바치려는 굳건한 정신을 쌓는 곳입니다."

"믿고 맡기겠습니다."

할아버지의 대답은 간단했다.

"오계를 알고 있겠지?"

문노가 서당에게 물었다.

"예, 오계란 첫째, 임금에게 충성하고, 둘째, 부모에게 효도하고, 셋째, 친구들과는 믿음으로 사귀고, 물러서지 않으며, 를 가려서 해야 된다 넷째, 싸움터에선 뒤로 다섯째, 살생은 때와 장소 고 배웠습니다."

서당은 약간은 상기된 얼굴로 또렷하게 대답했다.

할아버지와 문노가 동시에 고개를 끄덕였다.

"그럼, 삼덕(세 가지 덕)이란?"

문노가 다시 물었다.

"첫째, 겸허(자기를 낮춤), 둘째, 검소(사치를 부리지 않고 수수함), 셋째, 순후(순수하고 맑은 마음씨)를 말합니다."

서당은 곧 도장에서 공부하도록 허락을 받았다.

"할아버지!"

도장의 선생과 이야기가 끝나고, 막상 할아버지가 돌아가려고 할 때, 서당은 눈에서 눈물이 핑그르르 돌았다.

"마음이 약하면 화랑이 될 수 없다."

할아버지는 서당의 마음이 흔들릴까봐 뒤도 돌아보지 않고 대문을 빠져 나갔다.

'할아버지, 반드시 김유신 장군 같은 훌륭한 화랑이 되어서 할아버지의 기대에 어긋나지 않게 하겠습니다.'

멀리 대문 밖으로 사라지는 할아버지의 뒷모습을 보면서 서당은 다시 한 번 두 주먹을 불끈 쥐었다.

다음 날부터 서당은 선생이 가르치는 대로 오계 삼덕을 지켜 가면서 무술을 닦아 나갔다.

공부도 게을리하지 않았다.

원래가 총명한 서당이었다.

그 곳으로 온 지 얼마 되지 않아서 서당은 그 곳에 있는 수백 명의 화랑 지망자 가운데서 무술과 행동이 뛰어나서 남의 눈에 띄일 정도였다.

도장 안에서 서당의 인기는 날이 갈수록 높아져 갔다.

"서당은 틀림없이 화랑이 될 거야."

서당이 이 도장에 온 지도 다시 일 년이란 세월이 지나갔다.

그 사이에 모든 젊은이들의 우상이 되고 있는 김유신 장군이 또 한번 이름을 크게 떨치는 일이 생겼다.

그것은 고구려와의 당이성 싸움에서였다.

고구려군은 역시 강했다.

워낙에 야전에서의 싸움을 많이 경험한 고구려군은 용감무쌍하게 공격해 왔다.

고구려군이 반격해 올 때마다 신라군은 수없이 죽었다.

"고구려는 역시 강한 나라다."

"이대로 가다가 신라군이 전멸을 당할지도 모른다."

신라의 장수고 병졸이고 모두 고구려군 앞에서는 벌벌 떨었다.

이 사실을 안 김유신은 온 몸의 피가 끓어 올랐다.

그래서 김유신은 여러 장수들을 모아 놓고 호통을 쳤다.

"한 나라의 장수가 적을 앞에 두고 미리 겁을 먹는다는 것은 말도 안 되는 소리이다. 병법에 이르기를 마땅히 죽을 각오로 싸우는 자는 산다고 했고, 목숨을 두려워하는 자는 죽는다고 했다. 진정으로 나라를 구하고자 하는 마음이 있는 자들은 나를 따르라."

말을 마친 김유신은 말 위에 올라 두 개의 보검을 휘두르며 혼자서 적진을 향해 달려 나갔다.

파각, 파가각!

김유신을 태운 말이 먼지를 뽀얗게 일으키며 나는 듯이 달렸다.

이것은 본 고구려군은 혼자 달려 드는 김유신을 업신여기고, 몇 명의 장졸들이 앞을 가로막았다.

"비켜라! 네 따위는 내 적수가 아니다."

김유신의 손에 들려 있는 보검이 허공에 둥그런 무지개를 그렸다.

그러자, 앞을 가로막아 섰던 병졸들의 목이 한꺼번에 땅바닥에 뒹굴었다.

몇몇 장수가 더 막아 섰다.

그러나 산 속에서 무술을 연마한 김유신의 날랜 공격을 막아낼 수는 없었다.

어 하는 사이에 김유신은 벌써 적장 앞에까지 말을 달려 보검을 휘둘렀다.

적장도 칼을 빼어 들고 김유신에게 달려 들었다.

휘익!

챙그랑, 챙, 챙, 챙….

쉬잇, 쉬잇….

쨍그랑, 쨍….

눈 깜짝할 사이에 수십 차례의 칼 싸움이 계속되었다.

칼 휘두르는 소리, 칼과 칼이 서로 맞부딪치는 소리, 그리고 자신의 장수를 태우고 장수가 모는 대로 이리 뛰고 저리 뛰는 말발굽 소리….

고구려 장수의 검술은 김유신의 적수가 못 되었다.

허공을 몇 번 이리 저리 가르던 김유신의 칼 끝에 적장의 목이 꿰어졌다.

김유신은 말 머리를 돌려 신라의 진으로 되돌아 왔다. 번개같이 빠른 동작이었고 귀신 같은 칼솜씨였다.

"와아! 만세!"

"만세! 만세!"

이 광경을 지켜 보던 신라 군사들의 사기가 하늘을 찌를 듯이 올랐다.

그들에게 더 이상 고구려군은 무서움의 대상이 아니었다.

"와아! 돌격이다!"

"고구려놈들을 모조리 쳐 없애자!"

조금 전의 생각은 어디론지 사라져 버리고, 천지를 뒤흔드는 함성을 지르며 고구려군의 진지로 몰려 갔다.

하늘을 찌를 듯한 신라 군사들의 사기에 기가 질린 고구려 군사들은, 제대로 싸워 보지도 못하고 패했다.

5천여 명이 죽음을 당했고 천여 명이 사로잡혔다.

성 밖에서 이 같은 참패를 당한 고구려 군사는 더 싸워 볼 용기를 잃고, 성문을 열고 신라군에게 항복을 하고 말았다.

이 때 김유신의 나이 설흔 다섯 살이었다.

신라에서는 승리의 만세 소리가 천지를 진동했다.

사람들은 자기 자신이 나가서 싸워 승리라도 한 것처럼 좋아했다.

그 후 서당은 더욱 열심히 무예를 닦고 익혔다.

서당이 무예를 익히는 문노의 문하에는 거진랑 같은 이도 서당과 같이 화랑의 자질을 기르고 있었다.

그들은 특히 가깝게 지냈다.

친구의 죽음

세월은 다시 흘러 서당의 나이 열 여덟 살이 되었다.

그 해는 진덕 여왕이 왕위에 오른 지 첫 해가 되는 해였다.

가을이 저물어가는 시월.

갑자기 백제 군사가 무산, 감물, 동잠의 세 성을 공격하고 포위해왔다는 보고가 조정으로 올라왔다.

"뭐라구? 백제 군사가 또 국경 근처의 성을 공격해 왔다구?"

깜짝 놀란 왕과 조정의 신하들은 급히 의논을 한 다음 곧 김유신을 전장으로 보냈다.

이 때 문노의 문하에 있던 화랑의 후예들도 김유신의 휘하 부대가 되어 같이 전쟁에 참여했다.

"자네는 결혼한 지 사흘 째밖에 안 되었으니 이 번 전쟁에는 빠지지."

서당은 진정으로 친구를 위하는 마음에서 거진의 전투 참여를 막았다.

그 무렵 거진은 김춘추의 딸인 아유다와 결혼한 지 사흘 만에 전쟁 소식을 들었고, 아버지인 비녕자와 함께 김유신의 휘하에 들어가 전쟁에 참여해야 할 운명이 되었던 것이다.

"무슨 소리, 나라가 있고 나도 있는 법인데 어찌 사사로운 일 때문에 나랏일을 미룬단 말인가?"

거진은 펄쩍 뛰었다.

"그래도…."

"나는 이 나라 화랑으로서 비겁한 사람이 되고 싶지 않네. 내 뜻을 안다면 더 이상 나를 말리지 말게."

거진은 서당의 만류도 듣지 않고 기어이 전쟁터로 나섰다.

그들이 전쟁터에 나갔을 때 싸움은 이미 시작되고 있었다.

그런데 백제 군은 아주 강했다.

친구의 죽음

백제에는 의직, 계백 같은 맹장이 있었기 때문이었다.

명장 밑에 약한 졸개 없다고 했던가?

신라군은 싸울 때마다 숱한 전사자와 부상병을 남기고 자꾸만 후퇴를 할 수 밖에 없었다.

"이 위기를 어떻게 하면 헤쳐 나갈 수 있을까? 누군가가 앞장서서 포문을 열어 불을 질러 주어야 하는데…. 적진이 한 곳뿐이라면 나라도 나설 텐데, 그럴 수도 없는 형편이고."

곰곰이 생각하고 있는 김유신의 처소로 거진의 아버지인 비녕자가 찾아 들었다.

"장군, 지금 우리 군사들이 계속 백제군에게 밀리고 있어서 일이 다급하게 되었습니다. 모두들 적이 두려워 싸우기를 주저하고 있습니다. 이대로 가다가는 싸움은 싸움대로 지고 성은 빼앗길 처지가 아니오이까? 소장이 선봉장이 되어 앞장을 서 우리 군사들의 사기를 올리는데 힘을 써 보겠습니다."

"뭐라구요? 장군께서?"

"그렇습니다."

"그 일은 쉬운 일이 아니잖소. 여차하면 목숨까지 버려야 할 터인데…."

"전쟁터에 참가한 장수가 목숨을 아껴서야 어찌 적을 무찌를 수 있겠습니까? 나라의 운명이 이렇게 위급한 지경인데…."

비녕자의 얼굴에는 비장한 각오가 서려 있었다.

비녕자의 표정을 살펴 본 김유신은 벌떡 일어나 비녕자의 두 손을 굳게 잡았다.

"고맙소, 정말 고맙소. 그렇지 않아도 누군가가 그 일을 맡

친구의 죽음

아서 해 주었으면 하고 기다렸던 참이었소."

김유신의 목이 메었다.

"하겠습니다. 장군께서는 염려 마십시오. 제가 앞장서서 우리 군사들의 사기에 불을 지펴 놓겠습니다."

비녕자는 김유신 앞에서 물러 나오자마자 곧 합절을 불렀다. 합절은 비녕자의 집에서 일해 오던 종이었는데 이번 전투에 주인을 따라 같이 참여했다.

"나는 지금 대장군께 막중한 임무를 말씀드리고 나오는 길이다. 전쟁터에 참여한 사람은 목숨을 두려워하여 물러서서는 아니 되는 법, 아마 잠시 뒤면 이 세상 사람이 아닐는지도 모르겠다. 거진이 비록 나이는 어리나 뜻이 분명하고 화랑으로서 몸과 마음을 닦은 아이니 필시 아비를 따라 죽으려 할지 모른다. 만일 우리 부자가 모두 한꺼번에 전장에서 전사를 하게 되면 뒤에 남아 있는 가족은 누구를 의지하겠느냐? 그러니 너는 거진을 잘 달래어 내 유골을 거두어 집으로 돌아가 늙으신 부인 마님의 마음을 잘 위로해 드리도록 하거라."

"나으리…."

주인의 말을 들은 종 합절의 두 눈에서 눈물이 방울방울 흘러 내렸다.

"사내 대장부가 어찌 그리 나약하더란 말이더냐? 전쟁터에 나온 몸이 살기를 기약하고 나왔더냐?"

비녕자는 합절의 어깨에 손을 얹으며 꾸짖었다.

밤새 잠시 쉬었던 전투가 다시 시작되었다.

신라군은 여전히 밀렸다.

“에잇! 신라 군사들아! 우리가 이렇게 계속 밀릴 수는 없다. 내가 앞장서서 적을 무찌를 터이니 나를 따르라!”

비녕자는 두 눈을 부릅뜨고 이렇게 소리를 지르더니 타고 있던 말 궁둥이를 발로 힘차게 찼다.

히히히힝….

주인을 태운 말이 고개를 길게 빼고 긴 울음을 토하더니 땅을 박차고 앞으로 달려 나갔다.

그가 비껴든 창이 햇빛을 받으며 허공을 갈랐다.

창을 휘두를 때마다 번쩍거렸다.

그와 함께 백제 군사들의 목이 땅바닥에 굴렀다.

금세 수십 명의 목이 달아났다.

백제 군사들의 숲을 누비는 비녕자도 주인을 태운 말도 숨이 차 헉헉거렸다.

“잡아라!”

백제 군사들이 비녕자를 에워싸고 포위를 했다.

비녕자의 창이 쉴 사이 없이 계속 허공을 갈랐다.

그 때마다 창을 맞은 백제 군사들이 피를 뿌리며 땅바닥에 쓰러져 갔다.

그러나 그것도 잠시였다.

힘에는 한계가 있었다.

워낙에 많은 군사들에게 둘러싸인 비녕자는 끝내 용감하게 싸우다가 전사를 하고 말았다.

“기다려라! 내가 간다.”

잠깐 사이에 아버지의 죽음을 지켜 보던 거진은 입술이 터져

라고 깨물며 타고 있던 말고삐를 당겼다.

 "도련님, 잠시 멈추십시오. 선장군께서 소인에게 분부를 내렸사옵니다. 도련님의 전투 참가를 막고, 선장군의 유골을 거두어 돌아가 노부인 마님을 위로하여 드리라는…. 아버님이셨던 선장군 님의 명령을 들어 주시옵소서."

 거진이 말고삐를 당기는 순간 옆에 있던 합절이 거진의 말고삐를 잡으며 간곡하게 말했다.

 "뭐라구? 아버님의 원수들을 눈 앞에 두고 구차하게 살아 돌아가는 게 효도란 말이더냐? 어머님께서도 그런 비겁한 나를 원하시지는 않으실 게다. 놓아라."

 거진의 목소리에는 피눈물이 맺혀 있었다.

 "도련님, 아니 되옵니다. 아버님의 뜻을 받드십시오."

 합절이 한 번 더 울면서 말렸다.

 "놓아라!"

 "도련니임."

 "놓으라는데도."

 그래도 합절이 놓지 않자 거진은 들고 있던 칼로 말고삐를 잡고 있는 합절의 팔을 쳤다.

 합절의 팔이 끊어져 땅바닥에 굴렀다.

 거진은 뒤도 돌아보지 않고 그대로 적진으로 달려 가 용감하게 싸웠다.

 그의 칼날에도 수십 명의 백제 군사들의 목이 피를 뿌리며 날아갔다.

 "오라! 아버님의 원수, 우리 민족의 원수!"

거진의 눈에서는 붉은 불꽃이 철철 흘렀다.

백제 군사들이 거진을 둘러싸고 포위망을 조여들어 왔다.

그러나 거진은 그런 것은 상관하지 않고 연신 말고삐를 당기며 칼을 휘둘렀다.

그 때였다.

휘익 하는 바람 소리를 내며 날아온 화살이 거진의 가슴에 꽂혔다.

"으윽!"

거진은 허공을 저으며 뒤로 쓰러졌다.

"두 분 상전이 돌아가셨는데 나만 살아서 돌아가면 무엇하리이까."

합절은 남은 한 팔로 칼을 들고 적진으로 달려가 싸우다가 역시 전사했다.

이런 모습을 본 신라군은 감격했다.

그들은 서로 다투어 적진으로 달려 갔다.

마침내 백제군 삼천 여 명을 베고 전투에서 크게 이겼다.

그들이 싸우다가 전사를 하는 동안에 서당도 열심히 싸우고 있었다.

그러다가 백제 군사들에게 포위가 되어 싸우다가 끝내 화살을 맞고 쓰러진 거진을 발견했다.

"아니, 거진, 거진랑!"

서당은 싸우다 말고 거진이 쓰러진 쪽으로 달려 갔다.

아직 싸움터는 아수라장이었다.

칼 휘두르는 소리, 창과 칼이 서로 부딪치는 소리들이 어지러

친구의 죽음

윘고, 무기들이 서로 부딪쳐 불꽃이 튀고 있었다.

적의 기선을 제압하기 위해 올리는 기합 소리, 상대방의 무기에 맞아 비명을 지르는 소리….

"거진, 거진…."

서당은 적의 창칼을 피해 거진을 안아 올렸다.

거진은 지는 듯 눈을 감고 있었다.

잠시 전만 해도 서로 손을 맞잡고 나라에 충성을 결심하던 친구 거진.

도무지 믿어지지 않았고, 너무나 엄청난 일인지라 눈물조차 나오지 않았다.

화살을 맞은 거진의 앞가슴 쪽에서 빨갛게 피가 솟아나와 군복 자락을 적시고 있었다.

거진의 주검을 아군 진지까지 옮겨 온 서당은 다시 비녕자와 합절의 시체도 찾아 아군 진지로 옮겨 왔다.

싸움이 어지간히 끝나고 승리의 함성을 듣는 순간 비로소 눈물이 흘러 나왔다.

"장군, 그대들의 커다란 희생이 결국은 우리를 승리로 이끌었구료. 고맙소, 정말 고맙소."

김유신도 그들의 죽음을 몹시 애통해 했다.

왕도 이 소식을 듣고 눈물을 흘리면서 세 시체를 반지산에 합장케 하고는 비녕자의 처자와 가족들에게 큰 상을 내려 위로했다. 빗발처럼 쏟아지는 적의 화살을 뚫고 그들의 시체를 거두어 온 서당에게도 상이 내려졌다.

전쟁은 끝났다.

전쟁에서는 승리했지만 서당은 조금도 기쁘지 않았다.

친하게 지냈던 거진의 죽음.

결혼한 지 사흘 만에 전투에 참가하여 고국의 승리를 위한 불을 지르고 장렬하게 목숨을 바친 거진.

그러나 그것은 너무도 허무한 죽음이었다.

거진뿐만이 아니다.

나라를 위해 싸우다가 쓰러진 수많은 병졸들!

그들은 지금 어디로 갔단 말인가!

나라를 위해 목숨을 바친 것은 자랑스러운 일이고 떳떳한 일임에는 틀림이 없다.

그것이 화랑 오계의 가르침이었다.

나라에 충성하는 일도 오계 중에서 첫 번째로 가르쳤고 싸움터에 나아가서는 물러서지 말라고도 가르쳤다.

사나이 대장부가 한 나라의 백성으로 태어났으면 그 나라를 사랑해야 하는 것은 당연한 일이다. 나라가 있어야 나도 있고, 내 가족도 있다.

나라를 가장 사랑하는 길은, 나라를 위하고 민족을 위해 목숨을 바치는 일일 것이다.

서당도 이것을 의심하거나 반대하는 것은 아니었다.

어릴 때부터 귀에 못이 박히도록 들어 왔던 문제가 이제 와서 새삼스러운 것은 아니었다.

다만 서당으로서는 전혀 엉뚱한 생각이 머리에 떠오른 것이다.

삶은 무엇이고 죽음은 무엇이냐?

그 많은 전사자들은 죽어서 어디로 간단 말인가!

이긴 신라 군사가 그토록 많이 죽었다면, 진 백제 군사는 얼마나 더 많이 죽었을 것인가!

서로가 제각기 자기 나라를 위해 목숨을 잃은 양 쪽의 죽은 자의 영혼은 어떻게 될 것인가!

죽은 영혼끼리도 고구려, 백제, 신라로 갈라 놓고 싸우고 있는 것인지….

서당의 의문은 점점 더 깊어만 갔다.

'검술을 익히는 것, 활 쏘는 솜씨를 익히는 것, 이것이 결국은 사람을 죽이기 위한 수단이다. 왜 우리는 사람의 목숨을 빼앗는 일에 그토록 많은 시간과 힘을 써버려야 하는 것일까?'

남편을 전쟁터로 보내 놓고 목을 빼고 기다리고 있을 아유다의 고통도 얼핏 머리 속으로 스쳐 갔다.

서당은 갑자기 화랑이 되고 싶은 생각이 없어졌다.

다른 사람은 모두 화랑이 되더라도 자기는 화랑이 될 수 없

친구의 죽음

다고 생각했다.

　죽음이 무엇인지 그 까닭을 모르면서 사람을 죽이는 재주를 익히고 싶은 생각이 싹 없어지고 만 것이다.

　서당은 고향인 압량군 불지촌으로 돌아오고 말았다.

아 , 할아버지

"아니, 이게 어찌된 일이냐? 벌써 수련을 다 쌓아 목적을 달성했을 리는 없을 텐데…."

화랑이 되기 위해 서라벌로 간 서당이 갑자기 고향으로 내려오자 잉피공의 놀라움은 말할 수 없이 컸다.

서당은 고향으로 돌아오게 된 까닭을 할아버지에게 솔직하게 털어 놓았다.

"뭐라구? 휴우!"

할아버지는 깊은 한숨을 푹 내 쉬었다.

얼굴에 굵게 패인 주름살이 일그러졌다.

할아버지는 이미 많이 늙었다.

"정 네가 화랑이 마음에 없다면 할 수 없는 일이지만, 내 마음은 몹시 서운하구나. 내 죽기 전에 네가 화랑이 되어 나라에 큰 공을 세우는 것을 보았으면 소원이 없으련만…."

할아버지는 정말 서운함을 느꼈다.

서당이 태어났을 때부터, 김유신 같은 화랑을 만들어 보려는 희망을 가지고 지금껏 노력해 온 할아버지였었다.

손자 서당이 총명하고 영리하다는 것을 알았을 때는 틀림없이 그렇게 되리라고 굳게 믿기도 했었다.

그런데 서당이 갑자기 화랑을 포기하고 돌아왔으니.

"할아버지, 할아버지의 뜻을 거슬려 죄송하옵니다. 용서하셔요. 화랑이 아니더라도 화랑 못지 않게 신라를 위하는 일을 하는 사람이 되겠습니다."

서당은 진심으로 할아버지께 용서를 빌었다. 그리고는 또렷하게 할아버지께 결심을 이야기했다.

할아버지는 아무 말도 하지 않고 고개만 끄덕였다.

집으로 돌아온 서당은 책을 읽는 것보다는 생각에 잠겨 있을 때가 더 많았다.

할아버지는 이러한 서당을 욕하거나 나무라지 아니했다. 비록 자기의 소망이었던 화랑은 되지 않는다고 하더라도, 서당의 말대로 무엇이 되든 신라에 쓸모 있는 인물이 될 것이라고 믿었기 때문이었다.

세월은 자꾸 흘렀다.

나이가 많은 할아버지의 건강은 나날이 쇠약해져 갔다.

그러다가 끝내 병으로 자리에 눕게 되었다.

특별한 병이 아니라 나이가 많게 되면 누구나 앓게 되는 병이었다.

서당은 조심스럽게 할아버지의 병을 간호했다.

그러나 사람의 목숨은 한이 있는 것이다.

서당의 극진한 간호와 봉양도 흐르는 세월 앞엔 소용이 없었다. 할아버지는 마침내 세상을 떠나고 말았다.

"서당아, 한 번 이 세상에 태어난 사람은 언젠가는 죽게 마련이다. 난 살 만큼 살았으니까 죽는 게 아깝지 않지만 네 성장을 더 이상 못 보고 죽는 것이 한스럽구나. 그러나 운명이 이뿐이니 어찌하랴! 내 죽은 뒤라도 너무 슬퍼하지 말고, 네가 정한 뜻대로 노력해서 이 나라를 위해 큰 일을 하도록 하여라. 나는 너를 믿는다.”

이 한 마디를 남겨 놓고 할아버지는 세상을 떠나고 말았다.

“할아버지!”

할아버지의 운명을 지켜 보면서 서당은 할아버지의 시체에 엎드려 목놓아 울었다.

몸부림치며 대성 통곡했다.

그러나, 한 번 숨이 끊어진 할아버지는 다시 살아나지 못했다.

이웃 사람들의 도움으로 할아버지의 장례는 무사히 마쳤다.

슬펐다.

세상이 모두 허무했다.

서당은 사람이 태어나고, 늙고, 병 들고 죽는 것을 골똘히 생각하게 되었다.

“사람은 이 세상에 어디에서 어떻게 태어나고 왜 살아가면서 늙고 병들어야 하는가? 탄생은 무엇이고, 병 드는 건 무엇인가? 어째서 사람은 늙어야 하고, 죽어야 하는 것인가?”

할아버지의 장사를 지내고 나서 서당의 머리 속에는 이 문제가 떠나지를 않았다.

그러나 아무리 곰곰이 깊게 생각해도 그 의문은 풀리지가 않았다.

서당은 안타까웠다.

병까지 날 지경이었다.

그러던 어느 날, 서당의 머리에 떠오르는 한 가지 생각이 있었다.

"혹시?"

서당은 자리에서 벌떡 일어났다.

서당이 서라벌에 있을 때, 몇 번 거리에서 만난 적이 있었던 스님의 모습이 떠올랐다. 언젠가 도장의 젊은이들과 함께 모험심과 인내심을 기르고 마음을 크게 갖기 위해 이름난 산과 내를 구경다니다가 부처님을 모신 절에 들어간 적이 있었다.

"이곳은 무엇을 하는 곳입니까?"

머리를 빡빡 깎고 목탁을 치는 스님을 보고 물어 본 적이 있었다.

"사람들이 살아가면서 부딪치는 온갖 문제를 공부하는 곳이지요."

"누가 가르쳐 주십니까?"

"스스로 공부합니다."

스님이 빙그레 웃으며 대답을 했던가.

"스스로요? 그래도 누군가가 공부를 가르쳐 주어야 하지 않습니까?"

"부처님의 가르침이 있지요. 그걸 보고 스스로 깨우쳐 나간답니다."

그 때만 해도 어렸던 서당은 별로 마음에 두지 않았었다.

더구나 그 때는 오직 화랑이 되겠다는 생각만 가지고 있었기 때문에, 스님과 절에 대한 생각을 깊이 하지는 않았다.

“사람들이 살아가면서 부닥뜨리는 온갖 문제를 공부하는 곳이지요.”

그 스님의 말을 다시 한 번 더 외어 보았다.

‘사람들이 살아가면서 부닥뜨리는 온갖 문제를 공부하는 곳. 그렇다면 절에 있는 스님들은 내가 고민하고 있는 나고, 병들고, 늙고, 죽고 하는 문제들에 대해 알고 있을지도 모른다. 그래, 그분들을 한 번 찾아가 보자.’

서당은 절을 찾아가 스님에게 이것을 알아보기로 마음먹었다.

가는 길에 할아버지 산소에 들렀다.

아직 흙도 채 마르지 않은 무덤이었다.

할아버지 무덤을 보니 새삼 할아버지의 정이 떠올라 코 끝이 찡해졌다.

태어나자마자 어머니를 잃었고, 다시 아버지를 잃은 서당에게는 오직 한 분밖에 없었던 할아버지.

“…그러나 운명이 이뿐이니 어찌하랴! 내 죽은 뒤라도 너무 슬퍼하지 말고, 네가 정한 뜻대로 노력해서 이 나라를 위해 큰 일을 하도록 하여라. 나는 너를 믿는다.”

할아버지의 마지막 유언이 떠올라 서당은 끝내 가슴 저 밑바닥에서 치밀어 오르는 슬픔을 견딜 수가 없었다.

서당은 할아버지의 산소에 엎어졌다. 그리고는 소리를 내어 흐느껴 울었다.

그 때였다.

“그렇게 소리 내어 운다고 죽은 사람이 다시 살아 돌아오겠소.”

등 뒤에서 굵직한 목소리가 들렸다.

아, 할아버지

서당은 고개를 들고 소리 나는 쪽을 바라보았다.

검은 옷에 대갓을 쓰고, 바랑을 짊어지고, 손에는 목탁과 방울 같은 것을 든, 키가 크고 얼핏 보아도 잘 생긴 스님이었다.

서당은 울음을 멈추고 눈물어린 눈으로 잠시 그 스님을 쳐다보았다.

그렇지 않아도 절로 찾아가 만나려고 하던 바로 그 스님이 아니었던가!

어쩌면 자기의 마음을 알고 나타나 준 분 같았다.

서당은 마치 어떤 계시 같은 것을 받은 듯해서 가슴이 뭉클해졌다.

"스님!"

서당은 몸을 부시시 일으켜 자기를 내려다 보고 있는 스님을 쳐다 '보았다.

"슬퍼한다고 돌아가신 분이 살아올 리야 없지요. 이미 그 분은 육도 환생의 인연을 따라 벌써 다른 몸을 받아 나시었을 게요."

스님은 굵직하면서도 부드러운 음성으로 말했다.

"육도 환생이라구요?"

서당이 물었다.

"그렇다오. 육도 환생. 사람은 이 세상에 부모님의 몸을 빌려 태어나지만 사실 따지고 보면 굉장히 어려운 일이지요. 그러나 일단 태어나면 평생 동안 자신의 성격과 주위 환경에 따라 어떤 방법으로든지 살아서 움직여 나가도록 되어 있지요. 살아 있는 평생 동안 그 사람이 한 일을 업보라고 하는데, 그 업보를 짊어지고 이 세상을 떠나면 업보에 따라 다시 여섯 갈래의 새

아, 할아버지

로운 몸을 받아 탄생된다 이 말이오.”

“여섯 가지란 무얼 말하는지요?”

“남을 위해 가장 많은 것을 베풀고 어진 일을 많이 하면 극락이라고 하는 천상 세계에 태어나지요. 물론 거기에서 평생 살아가는 것이 아니고 또 죄를 짓거나 잘못을 하면 다른 세계로 쫓겨 나게 되오. 다음은 수라 세계라고 하는 곳이오, 하늘나라를 지키는 군대라고 흔히 말하고 있소. 세 번째는 인간 세계로 다시 환생하게 되는 것이라오.”

“인간 세계로 다시 환생한다구요?”

“그렇소. 이런 이치로 따진다면 젊은이나 나나 전생에도 사람으로 살았다가 그 때 남을 위해 많은 일도 하고 좋은 일도 많이 했기 때문에 이렇게 다시 인간의 몸을 받아 살아가고 있는 것이라고 할 수 있지요.”

“그 다음에는요?”

“축생의 세계라고 하는 짐승의 세계이지요. 살아 생전 짐승을 많이 도살한 자, 짐승을 많이 부린 자, 도적질한 자, 놀고 먹는 자, 남에게 괴로움을 끼친 자…. 이런 자들은 짐승의 몸을 받고 이 세상에 나온다고 하오. 저기 나뭇가지에서 저토록 울어제끼는 새들도 어쩌면 전생에서는 사람의 몸으로 살다가 저런 몸으로 다시 태어난지도 모를 일.”

스님은 지팡이를 들어 무덤 근처에서 울어제끼는 이름 모를 새를 가리켰다.

삐삐, 삐리리릿….

나뭇가지에서는 하얀 털빛을 가진 새 한 마리가 꽁지를 연신

깝신거리며 울어대고 있었다.

"…."

'어쩌면 이미 돌아가신 어머니나 아버지, 그리고 할아버지의 넋은 아니실까.'

서당은 잠시 그런 생각을 해 보았다.

웬지 낯설어 보이지 않는 새 소리였다.

스님의 말씀이 계속되었다.

"다음은 짐승의 세계보다 더 큰 고통을 받는 지옥이라는 세계가 있어요. 이 세상에서 사람의 몸으로 살면서 남에게 숱한 고통을 안겨 준 사람들이 그 죄의 대가로 떨어져 고통을 받은 곳이지요.

지옥의 종류도 많아서 그 사람이 살아 생전 지은 죄에 따라 그 대가를 받는다고 하오. 칼산 지옥, 화탕 지옥, 멧돌 지옥, 얼음 지옥, 독사 지옥…. 마지막으로 아귀 세계가 있소.

아귀 세계에 떨어진 사람들은 배는 남산만 하고 목 구멍은 바늘 구멍만큼 가늘어서 아무 것도 먹을 수 없는 고통을 받게 되어 있지요. 인간 세상에서 가장 큰 죄를 지은 사람들, 즉 살아 생전 남을 위해 손톱만큼도 한 일이 없는 자들, 배고픈 자에게 밥 한 술 주지 않고 모른 척하고 인색한 사람들, 병든 자를 보고도 약 한 톨 나누어 준 일이 없는 사람들이 그리로 떨어진다고 하오."

스님은 말을 마치고 할아버지의 무덤을 가만히 둘러 보았다.

그러더니 무덤 앞에 단정히 무릎을 꿇고 앉았다.

"내 돌아가신 분을 위해 잠시 경을 읽어 주리다."

아, 할아버지

스님은 들고 있던 지팡이를 옆에 내려 놓고는 목탁을 꺼내
치기 시작했다.

딱, 딱, 딱, 딱….

가운데가 뻥 뚫린 목탁에서 가볍고 맑은 소리가 울려 나왔다.

"…천지 팔양 신주경 문 여시 일시 불 재비야달마성요확택중
시방 상수 사중 위…."

낭랑한 스님의 독경 소리가 조용한 숲 속에 울려 퍼졌다.

'어쩜 저렇게 맑고 아름다운 소리가….'

서당은 자기도 모르게 스님 옆에 무릎을 꿇고 앉았다.

서당으로서는 처음 듣는 소리였고, 알아들을 수 없는 글귀였다.

그러나 듣고 있는 동안에 마음이 차분하게 가라앉고 후련해
지는 것을 느꼈다.

스님의 독경은 거의 한 식경이나 계속되었다.

"지금 독경하신 것이 무슨 글귀이십니까?"

스님이 독경을 끝내고 일어서는 것을 보고 서당이 물었다.

"천지팔양경이라고 하는 부처님의 말씀인 불경이외다."

"그 불경을 외우는 이유가 무엇입니까?"

"이 경을 한 번만 외워도 어리석은 자는 지혜로워지고 고통
이 많은 자는 고통이 줄어지게 되며, 태어나는 사람은 살아 있
는 동안 고통에서 면하고, 큰 죄를 지었던 사람도 용서를 받는
다고 되어 있소. 죽은 사람의 영혼도 깨달음을 얻고, 지옥에 떨
어질 업보도 용서를 받아 천상이나 인간 세계로 나툴 수가 있
다고 했소."

"그렇다면 스님, 늙고 병들고 죽음의 고통을 겪어야 하는 것

은 왜 그렇습니까?"

서당은 오래 전부터 궁금했을 뿐만 아니라 심각하게 고민하던 문제에 대해 물었다.

"그걸 어찌 한 마디로 다 얘기할 수 있겠소. 석가모니 부처님은 그 문제로 고민을 하다가 결국은 왕자의 신분으로 다음 대에 아버지의 뒤를 이어 왕위에 오를 수도 있는 자리를 버리고 대궐을 떠났지요."

"그래서 그 문제에 대한 답을 알았나요?"

서당은 한 걸음 앞으로 나서며 물었다.

"알아냈지요. 6년이라는 긴 세월 동안 혼자서 수행을 한 끝에…."

"무엇입니까? 왜 사람은 그런 고통을 안고 살아가야 합니까?"

"원래 사람이란 나고 죽는 것이 없는 것인데, 사람이 그 이치를 깨닫지 못하고, 나고 죽는 것이 있는 것으로 알고 괴로워하고 슬퍼하는 것이외다."

그러나 서당은 무슨 뜻인지 얼른 이해가 가지 않았다.

"스님!"

서당은 스님 앞에 무릎을 꿇었다.

"무슨 뜻인지 얼른 이해가 가지 않습니다. 어떻게 하면 그 이치를 깨달을 수 있습니까?"

"석가모니 부처님은 그것을 알아내기 위해 6년이란 긴 세월 동안 피를 깎고 살을 베어내는 고통을 겪으며 깨달았소. 그 내용을 어떻게 단 한 마디로 설명하겠소. 불제자가 되시오. 불제자가

아, 할아버지

되어 공부하다가 보면 그 모든 것을 알게 될 날이 올 것이오.”

“불제자는 어떻게 되는 것입니까?”

“이 세상에 맺어 놓은 모든 인연을 끊고 수행을 하시오. 낡은 옷을 벗어 버리고 새옷을 입듯이 지금까지 갖고 있는 모든 것을 버리고 공부를 하면 되오.”

“세상 인연을 끊는다는 것은 무슨 말씀이오이까?”

“글쎄요. 우리 인간들은 눈에 보이게, 또는 보이지 않게 많은 인연을 맺고 있지요. 부모와 자식 사이의 인연, 형제와 자매 사이의 인연, 남자와 여자 사이의 정 같은 인연, 이웃과의 인연…. 이 모든 것을 끊고 오직 자신이 알고 싶어하는 것에 대한 공부를 하다가 보면 마침내 깨달을 수도 있다는 말이오. 나무 아미타불….”

스님은 두 손 모아 합장을 하면서 허리를 굽혔다.

나무 아미타불이란 말도 서당은 처음 듣는 말이었다.

“나무 아미타불이란 무슨 뜻의 말이오이까?”

“나무는, 돌아가 의지한다는 말이고, 아미타불은 부처님의 이름이외다.”

“부처님의 이름이요?”

“그렇소이다. 부처님 가운데에서도 가장 으뜸가는 부처님이지요.”

“부처님은 어떤 분이십니까?”

“이 세상 모든 이치를 깨달은 사람을 부처님이라 하오.”

서당으로서는 모두가 처음 듣는 말이었다.

처음인 것은 모두 신기해 보이는 법이었다.

아, 할아버지

　서당은 무덤 가에서 이럴 것이
아니라 어디 자리를 정해 놓고
궁금한 것은 실컷 물어 보고 싶은
생각이 들었다.

　"스님은 어느 절에 계시오며, 어떤
분이시온지 일러 주십시오."

　"나요? 나는 어느 한 곳에 정해 놓고
있는 몸이 아니고 그저 발길 닿는 대로
떠돌아 다니는 중이라오. 그저 서라벌에
새로 세우는 절에 시주나 거두러 다니는
중이지요."

　서당은 스님을 모시고 집으로 내려 와 많은 시주를 해서 돌
려 보냈다.

　"중이 되자!"

　서당의 마음은 어느 새 이렇게 결정하고 있었다.

　세상과의 인연을 끊는 일은 간단했다.

　그에게는 집을 떠나는 길에 앞장서서 막을 사람도 찬성하며
등을 떠밀어 줄 사람도 없었다.

　그저 훌훌 털고 일어서면 되었다.

　'가자, 가서 불제자가 되어 공부를 해 보자. 우리 인간이 가
지고 있는 모든 고통의 원인을 깨달을 수 있고, 고통을 해결할
수 있는 길을 파헤쳐 보자.'

　서당은 일어섰다. 미련도 주저도 없었다. 망설임도 없었다.

　눈 앞에 새로운 길이 환하게 보이는 것 같았다.

아, 할아버지

거룩한 희생

　인도에서 비롯된 불교가 신라로 들어오기는, 제 19대 눌지왕 때였다.

　그 당시 세 나라로 갈라져 있던 삼국 중에 불교가 가장 먼저 들어온 나라는 대륙과 가까이 있던 고구려였다.

　소수림왕 때 전진의 순도 스님이 불교를 고구려에 들여와 퍼뜨렸는데 이 때가 신라에 불교가 전해진 것보다 35년 앞선 때였다.

　고구려에 불교가 퍼지기 시작하고 사람들이 불교를 믿기 시작하자 고구려의 승려 묵호자는 신라 땅에도 불교를 펴야 되겠다는 뜻을 가지고 신라로 들어왔다.

　그 당시에 국경 근처에서는 서로 감시가 심할 때였기 때문에 국경을 넘어 신라 땅에 들어오는 일은 쉽지 않았다.

　자칫하면 간첩으로 오인받기 쉬웠다.

　더구나 검은 가사, 붉은 장삼 복장에 머리를 깎은 스님의 모습은 누가 보더라도 이상한 차림이었고, 선뜻 들여 보내 주지 않는 실정이었다.

　또 들어온다고 해도 머무르는 일이 어려웠다.

몰래 국경을 넘어온 고구려인을 숨겨 주었다가는 그도 같이 간첩 혐의를 받고 크게 벌을 받았기 때문이었다.

그는 숱한 어려움 끝에 몰래 국경을 넘어 일선군(오늘날의 경상도 선산땅)으로 들어 올 수 있었다.

다행히 그 고을에 있는 모례라는 사람은 불교를 이해하는 사람이었다.

그가 묵호자를 숨겨 주면서 불교 포교의 뜻을 도와주는 바람에 묵호자는 그의 집에 묵으면서 불교를 펼 수 있었다.

그러나 몰래 숨어서 불교를 알리는 일은 쉽지 않았다.

더구나 이미 신라 땅에는 자연과 자연 현상을 믿는 민간 신앙이 자리잡고 있었다.

사람들은 새로 들어온 불교를 도무지 가까이하려고 하지 않았다.

그래서 묵호자는 노력만큼 신도들을 많이 얻지 못했다.

그 후 21대 소지왕 때, 역시 고구려의 승려 아도가 세 명의 제자를 데리고 신라로 들어왔다.

아도 역시 묵호자가 묵은 집에서 수년 동안 묵으면서 불교를 전파했으나, 많은 신도를 얻지 못했다.

아도는 원래 위나라 사람 아굴마가 고구려에 왔다가 고구려의 고도령이라는 여인과 결혼해서 낳은 사람이었다.

"이웃 나라 대륙에서는 부처님의 가르침을 따르는 불교가 융성하고 있단다. 부처님의 가르침을 따르는 자는 사람으로서 가져야 할 기본 도리를 알아, 사람이 사람답게 살아갈 수 있고, 온갖 고통에서 벗어나 오복을 누리며 살아갈 수 있다 하니 너

거룩한 희생

도 스님이 되어 불교의 가르침을 따라라.”

어머니는 아도가 다섯 살이 되자 중이 되기를 권유했다.

아도는 어머니의 뜻을 좇아 중이 되었다.

아도가 열여섯 살이 되던 해 그는 위나라로 찾아가 아버지 아굴마를 만났다. 아버지 아굴마는 중이 되어 찾아온 아들에게 그 당시 위나라에서 한창 이름을 떨치고 있는 고승 현창 법사에게 보내어 공부를 하게 했다.

현창 법사의 제자가 되어 공부를 한 아도는 열아홉 살에 다시 고구려로 되돌아왔다.

어머니는 수도를 끝내고 돌아온 아들 아도에게,

“동해 쪽에 있는 신라에서는 아직 불법을 알지 못하나, 곧 이 나라에 거룩한 임금이 나서 불교를 크게 흥하게 할 것이다. 또한 신라 서울 서라벌에는 절을 세울 터가 일곱 군데가 있는데, 그 곳은 모두 법수가 길이 흐르는 땅이니 네가 그 곳에 가서 절을 세우고 널리 불교를 펴면 그 나라에도 불교가 크게 흥하리라.”하고 말했다.

절터 일곱 군데라 하는 곳은 지금의 흥륜사, 영흥사, 황룡사, 분황사, 영묘사, 천왕사, 담암사가 있는 곳을 말한다.

이 말을 들은 아도는 어머니의 분부대로 곧 신라 땅에 불교를 펴기 위해 신라로 건너왔던 것이다.

처음에는 대궐로 들어가 불교를 전하려고 해 보았다.

임금이나 벼슬이 높은 사람들이 먼저 불교를 이해하고, 불교를 펴는 데 도움을 준다면 쉽게 불교를 널리 펼 수 있다고 생각했기 때문이었다. 그러나 그것은 잘못된 판단이었다.

거룩한 희생

신라 왕실에서는 불교를 전혀 모르고 있었다. 아무도 아도의 말을 거들떠보지 않았다.

오히려 괴상한 말을 하여 백성을 속이는 행위를 하는 첩자라고 매도하며 죽여야 한다고 하는 사람도 있었다.

아도는 하는 수 없이 일선군 모례의 집으로 피해 와서 비밀리에 불교를 전파하기 시작했다.

이 무렵, 임금의 딸 성국 공주가 원인 모를 중병이 들었다.

왕실에서는 갖가지 약을 쓰고 점도 치고 굿도 해 보았지만, 공주의 병은 낫지 않았다.

왕실에서는 근심 걱정이 태산 같았다.

임금은 사랑하는 공주가 어떻게 될까봐 한숨과 걱정으로 나날을 보내고 있었다.

'옳거니, 부처님께서 나에게 불교 전파하는 기회를 주시는구나. 만약에 부처님께서 당신의 뜻을 펴는 기회로 삼는다면 큰 가피가 있어서 그의 병을 낫게 해 주실 것이다.'

아도는 이렇게 생각하고 대궐로 들어갔다.

"소승이 부처님의 힘을 빌어 공주 마마의 병환을 고쳐 보겠습니다."

"뭐라고? 우리 공주의 병을 낫게 할 방법이 있다구?"

"그렇사옵니다."

"좋다, 어서 그의 병을 고쳐 내어라."

별별 짓을 다해서 사랑하는 공주의 병을 치료해도 낫지를 않았던 때였다.

임금의 심정이야 공주의 병만 낫게 해 준다면 하늘에 올라가 별이라도 따오고 싶은 심정이었다.

임금은 찾아온 아도의 손을 잡고 공주의 병을 치료해 달라고 간절히 부탁을 했다.

그 날부터 아도는 공주의 방에 향을 피워 공기를 맑게 하고 밤낮으로 기도를 올렸다.

며칠 후.

공주의 병이 낫게 되었다.

"아니, 이럴 수가…. 숱한 약으로도 낫지 못했던 우리 공주의 병을 낫게 하다니…. 아도, 정말 고맙구나, 소원이 있으면 말하라. 내 마땅히 들어 주리라."

    임금은 너무도 기뻐서 아도의 손을 잡고 몇 번이고 고맙다는 말을 전했다. 그리고 그에게 소원을 물었다.

    "소원은 아무 것도 없사옵니다. 다만, 이 번 공주 마마의 병환은 부처님의 은혜를 입어 낫게 했사온즉, 동천 경림에 절을 짓고, 불법을 펼치게만 하여 주시오면 이 나라 왕실은 물론 만 백성들에게 더욱 큰 복이 내리도록 기도하겠나이다."

    아도가 말했다.

    절을 세운다는 것은 임금으로서 얼른 내키지 않는 일이었다.

    왜냐하면 모든 사람들이 불법의 포교를 반대해 왔기 때문이었다.

    그러나, 임금이 한 번 입 밖에 낸 말이라 지금 와서 거두어 들이기도 곤란한 일이었다.

    임금은 마침내 절을 짓도록 허락했다.

    "고맙사옵니다. 나무 관세음보살."

    아도는 임금의 허락을 받고 물러나온 뒤에 초가로 지붕을 이은 검소하고 조그만 절 하나를 세웠다.

    절이 다 이룩되는 날, 하늘에서 절 안으로 향기가 가득 떨어져 진동했으므로 절 이름을 '흥륜사'라고 했다. 그리고는 아도는 그 곳에 머물면서 불교를 펼쳐 나갔다.

    한편, 아도가 숨어 있던 집 모례의 누이 사시가 아도를 찾아와 여승이 되기를 원했다.

    아도는 그에게 출가를 허락하고 머리를 깎아 여승이 되게 했다.

    아도에게 불교의 가르침을 받은 사시는 다시 삼천기에 절을 짓고 살았는데, 이 곳을 '영흥사'라 불렀다. 그러나 소지왕이

거룩한 희생

세상을 떠나자 사람들은 다시 아도를 해치려고 하였다.

'사람들이 몰라준다면 서두를 필요는 없다. 언젠가는 이 땅에도 불법이 널리 퍼지게 될 테니….'

아도는 홍륜사에서 몸을 빠져 나와 다시 모례가 있는 집에 숨었다. 그리고는 스스로 자기 무덤을 만들고, 그 속으로 들어가 문을 잠그고 나오지 않았다.

홍륜사는 거두는 사람이 없자, 얼마 되지 않아 허물어지고 말았다.

이리하여 겨우 뿌리를 내리고 싹을 내밀려던 신라의 불교는 사람들의 반대로 다시 꺾이고 말았다.

소지왕 다음으로 왕위에 오른 임금인 22대 지증왕도 왕위에 오른 지 14년 만에 승하하고, 23대 법흥왕이 왕위에 올랐다. 법흥왕은 다른 임금과는 달리 불교에 대한 관심이 많았다. 그러나 여러 신하들이 한사코 반대하므로 백성들에게 널리 퍼지는 못했다.

임금은 신하들이 불교를 반대하는 데 대해 늘 안타까워했다.

"짐은 덕이 없는 까닭으로 비록 왕위를 물려 받았으나, 위로는 음양의 조화를 상하게 하고, 아래로는 백성들의 즐거움이 없게 되므로, 정치의 틈을 타서 뜻을 불법에 두고자 하나, 이를 알아 주는 사람이 없구나. 이 땅에 어떻게 하면 불교를 펼 수 있을까?"

그 무렵 나라에는 이차돈이라고 하는 스님이 있었다.

그는 고구려에 건너가 백봉 국사에게 부처님의 가르침을 배워 크게 깨닫고 고국 신라로 돌아와 있었다. 그도 불교를 널리

거룩한 희생

퍼뜨리고자 애쓰면서 신라 땅에 불교가 발붙일 수 없는 현실을 안타까워하는 사람이었다.

그는 이따금 임금의 부름을 받아 대궐로 들어가 임금과 왕비, 그리고 평양 공주를 비롯하여 많은 왕실 사람들에게 부처님의 법을 설하곤 했다.

어느 날이었다.

임금과 가까이 있게 되자, 임금의 용안을 우러러보며 물었다.

"요즈음 마마의 용안을 보면 늘 근심과 걱정으로 쌓여 있습니다. 옛날 사람은 나무꾼에게도 지혜를 물었다 하니, 소신에게 대왕 마마께서 근심 걱정하시는 바를 알려 주실 수는 없겠습니까?"

이차돈도 이미 알고 있었다.

임금의 용안에 어둠이 짓든 것은 불교를 펼치지 못함인 것을.

"스님도 느끼고 있는 것이 아니요? 이 나라 백성들이 마음 놓고 불법을 대할 수 있을 날이 언제 오려는지."

"마마, 소신을 갖고 밀고 나가십시오. 사실 부처님의 가르침은 사람이 사람답게 살아가는 법을 가르쳐 주신 것으로서 누구나 알아야 할 것입니다. 한시 바삐 이 나라 모든 백성들에게 그 빛이 비춰지도록 하십시오."

"스님의 말뜻은 알겠소만은 백성들에게는 커녕 스님이 이 궁중에 드나들고 있는 것도 못마땅해서 아침 저녁으로 반대하는 자가 있기에 이렇게 근심을 하는 게 아닙니까."

"소승도 깨닫고 있습니다. 하오면 부처님의 가르침을 위해 목숨을 바치면 되겠습니까?"

“목숨을 바치다니?”

임금이 눈을 휘둥그레 떴다.

“나라를 위하여 몸을 없애는 것은 백성된 자의 도리이고, 임금을 위해 목숨을 바침은 신하된 자의 도리입니다. 소승 마마의 뜻대로 불법을 바로 펴는 일이라면 지금 죽어도 한이 없습니다.”

“스님의 뜻은 정녕 고마운 일이나 어디 인간사가 모두 그렇게 쉽게 이루어지는 것입니까? 아서시오, 행여 그런 생각은 갖지 마시오. 그나마 불법이 싹을 내리고 있는 것은 지금의 스님이 있기에 가능한 일이지 않소?”

법흥왕도 이차돈의 말뜻을 알았던 것이다.

“허나 대왕 마마! 마마께서 생각하신 바를 소신이 그릇 전파하였다고 꺼리를 만들어 소신의 목을 베오시면 그 때부터는 다른 신하들이 감히 어명을 거역치 못하리다.”

이차돈은 불교의 전파를 위해 목숨을 바치겠다는 자신의 뜻을 말했다.

“부처님의 가르침에 살생을 금하라고 일렀거늘 불도를 얻고자 무고한 생명을 없애자는 말이오?”

“소신도 생명보다 더 귀한 것이 없는 줄은 아는 바이나, 소신은 저녁에 죽어서 이튿날 아침에 도가 널리 퍼져 불교가 흥성하고, 마마께서 편안하시면 그 위에 더한 기쁨이 없을 줄 압니다.”

“오오, 장한 일이고! 스님의 뜻이야말로 진정 보살(부처의 다음 가는 성인)의 마음이구려. 차라리 스님이 보살 같은 마음으로 이 나라를 맡아서 다스려 나간다면 이 나라 백성들은 훨

거룩한 희생

씬 더 평화롭게 살 것을….”

임금이 감격하여 이차돈을 바라보았다.

“천부당 만부당한 말씀이십니다. 어쨌든 소승 과분한 짓이오나 왕명이라 하여 절을 짓고 부처님의 가르침을 펴겠으니, 마마께서는 거짓이라 이르시고 그 죄를 다스려 소신의 목을 베소서.”

이차돈은 어전에서 물러나와, 이틀날부터 왕명이라 하고 큰 절을 세우는 일을 시작하였다. 그리고 거리에 나가서 많은 사람들을 모아 놓고 불법을 폈다.

머리를 깎고 이상한 옷을 입고 다니며 하는 말이 괴상해 보이자 불교를 반대하는 대신들이 그대로 있을 리가 없었다. 그들은 사실을 임금에게 고했다.

임금은 이차돈의 참 뜻을 아는지라 곧 이차돈을 끌어 내라고 했다.

“아니, 스님…. 이게 어인 일이시오. 스님이 무슨 죄가 있다고…. 아바 마마, 아니 되옵니다. 그에게 무슨 죄가 있어서 이렇듯 끌어 내시옵니까?”

거룩한 희생

　평소에 이차돈을 사모하던 평양 공주가 이차돈의 옷자락을 잡고 놓지 않았다. 그러나, 이차돈을 미워하고 시기하던 무리들은 잘 됐다 싶어 평양 공주의 손길을 뿌리치고 강제로 이차돈을 형장으로 끌어냈다.

　형장으로 끌려 나온 이차돈에게 임금은 왕명을 어기고 불법을 펴는 일을 했으니 죽어 마땅하다고 했다. 그리고 불법을 뒤로 미루고 자기의 말을 들을 수 없겠느냐고 물었다. 그렇게만 한다면 목숨을 구해 주겠노라고 물었다.

　임금은 두 번, 세 번 물었다.

　차라리 불법을 버리고 영화를 누리라고.

　그러나 이차돈은 듣지 않았다.

　불교를 위해 목숨을 버리겠다고 말했다.

　마침내 목을 베라는 왕명이 떨어졌다.

　형장으로 끌려 간 이차돈은 두 손 모아 합장하고 말하였다.

　"…비옵니다. 이 땅에 불법이 뿌리내리고 싹트는 일이 어려운 것은 많은 사람들의 깨달음이 부족하고 어리석은 탓이오니 부처님께선 제가 죽는 날로 영험을 내리시어 이 어리석은 중생들의 마음을 고쳐 먹게 해 주옵소서."

　평소 이차돈을 미워하던 무리 중의 하나가 칼을 휘둘러 이차돈의 목을 쳤다. 그 순간이었다.

　"어?"

　"앗!"

　모두가 깜짝 놀랐다.

　잘린 이차돈의 목에서는 붉은 피가 흐르지 않고, 젖 같은 뽀

얀 피가 열 자 이상 하늘로 솟았고, 그와 때를 같이하여 하늘이
캄캄해지고 땅이 진동하여, 하늘에선 꽃비가 내렸다.

지켜 보던 사람들, 그 소문을 들은 사람들은 모두 울었다.

임금도 흐르는 눈물로 옷자락을 씻었다.

불교를 반대하던 신하들은 두려움에 질려 몸을 부들부들 떨
었다.

임금을 비롯하여 뭇 사람들이 슬퍼하는 가운데 이차돈의 장
례는 성대하게 치뤄졌다.

임금은 이차돈의 명복을 빌기 위해 좋은 땅을 가려 절을 세
우라고 명령했다.

아무도 반대하지 못했다.

그 절이 자추사이다.

"부처님의 힘은 참으로 영험이 있다. 불교를 더 이상 반대했
다가는 큰일이 나겠다."

사람들의 마음이 금방 달라졌다.

'이차돈 스님, 당신 목숨의 대가로 이 나라는 비로소 눈이 뜨
이고 바른 법이 뿌리를 내리게 되었소. 부디 극락 왕생하시어
이 나라 불법의 전파를 지켜 보오. 스님의 거룩한 뜻은 대대 손
손 크게 사람들의 마음 속에 살아 있으리다.'

법흥왕은 모든 백성들에게 불교를 믿으라고 선포하고, 절 짓
는 것을 허락했다.

법흥왕 15년, 서기 528년이었다.

이 때부터 신라는 불교가 성하기 시작하였다.

거룩한 희생

집을 떠나

서당은 서라벌로 다시 왔다.

그 때 할아버지 무덤 가에서 만났던 스님이 서라벌 새로 짓는 절에 있다는 말이 그를 서라벌로 다시 부른 것이었다.

두 번째 보게 되는 낯익은 서라벌이었다.

처음에는 화랑이 되어 김유신 장군같이 되려고 할아버지와 함께 왔었고, 이 번엔 부처님의 제자가 되어 가슴 속에서 풀리지 않는 의문을 풀어 보려고 찾아온 것이었다.

"혹시 최근에 새로 지은 절이 있습니까?"

지나는 사람들에게 물었다.

"아, 분황사를 말씀하시는군요? 저리로⋯."

웬만한 사람들은 모두 분황사를 알고 있었다.

서당은 금방 찾을 수 있었다.

'우와, 크다.'

절 문 앞에 선 서당은 입부터 크게 벌렸다.

엄청나게 큰 규모의 절이었다.

절 안으로 천천히 발길을 들여 놓았다.

법당도 컸고 방도 굉장히 많았다.

집을 떠나

법당에 모셔 놓은 부처님을 보자 서당은 알 수 없는 감동에 가슴이 설레였다. 웬지 오랫 동안 헤어져 있었던 가족들을 만나는 듯한 느낌이 들었다.

절 안에는 많은 스님들이 모여서 공부를 하고 수행을 하고 있었다.

서당은 어찌해야 좋을지 몰라 한참 동안 멍하니 서서 사람들이 하는 모습을 물끄러미 바라보았다.

“저어…. 이 절에서 가장 큰 어른을 만나뵈려면 어디로 가야 할까요?”

서당은 바쁘게 왔다갔다 하는 상좌승을 붙잡고 조심스럽게 물었다.

“우리 주지스님을 뵙겠다구요? 어디서 오셨지요?”

상좌승은 서당의 아래 위를 훑어 보며 물었다.

“압량군 불지촌이라는 곳에서 왔습니다.”

“무슨 일로 오셨나요?”

“출가를 하려고요.”

“당신이 출가를?”

“그렇소.”

“그렇다면 여기서 잠깐만 기다리십시오. 스님께 여쭙고 오겠습니다.”

상좌승은 이렇게 말하고는 쪼르르 사라졌다.

딱, 딱, 딱, 딱….

서당은 은은히 들려 오는 목탁 소리와 염불 소리를 들으며 상좌승이 나타나기를 기다렸다.

잠시 후 상좌승이 다시 나타나더니 따라오라고 일렀다.

"큰스님을 처음 만나면 두 손을 합장하고 세 번 허리를 굽혀 큰절을 올리십시오. 그게 우리 불가에서 웃어른을 만나는 예의입니다."

상좌승이 물어보지도 않은 말을 친절하게 일러 주었다.

몇 개의 건물을 요리조리 지나서 어느 방문 앞에 도착했다.

"스님."

상좌승이 몸가짐을 가지런히 하면서 나지막한 목소리로 불렀다.

"모셔라."

안에서 굵직한 목소리가 들려 왔다.

상좌승이 턱짓으로 들어가라는 표시를 했다. 서당은 상좌승에게 목례를 하고는 방으로 들어갔다.

나이가 50이 넘어 보이는 준수하게 생긴 주지스님이 염주를 굴리며 방 가운데 앉아 있다가 서당을 맞아 주었다.

"자네가 출가를 하겠다고 온 사람인가?"

주지 스님이 서당이 절하기를 기다렸다가 물었다.

"그렇습니다."

서당은 그 앞에 무릎을 꿇고 앉았다.

"이름이 무엇인고?"

"설서당이라고 합니다."

"부모님은?"

"예, 두 분 다 돌아가셨습니다."

"아버님 어머님이 다 안 계시단 말이지?"

"예, 어머니께선 제가 태어나자마자 곧 돌아가셨고, 아버님은 제가 어렸을 때 낭비성 전투에서 돌아가셨습니다.”

서당은 주지스님이 묻는 대로 또렷하게 대답을 했다.

“그럼, 누구의 손에 길러졌는고?”

“할아버지 손에서 길러졌습니다. 할아버지는 잉피공이라고도 하고 적대공이라 하기도 하는데 얼마 전에 세상을 떠나셨습니다.”

“아니, 그럼 네가 저 유명한 잉피공의 손자로구나!”

“그렇습니다. 그런데 어찌 저희 할아버지를 아십니까?”

서당은 고개를 들어 주지스님을 올려다 보았다.

“그러면 자네 부친은 설 담날내말이고….”

“그렇습니다.”

“나라에 공이 컸던 분이기에 이름을 기억하고 있었느니라. 그렇다면 형제도 없겠구만?”

“삼대 독자입니다.”

“누님이나 누이동생은?”

“한 사람도 없습니다.”

“아직 장가는?”

“장가 전입니다.”

“음!”

고개를 끄덕이며 서당을 바라보던 주지승은, 우람스럽게 생겼으면서도 눈에 열기가 있고 총명하게 생긴 서당을 향해 다시 물었다.

“인연 닿는 사람이 없으므로 세상과의 인연을 끊기는 다른 사람보다 쉽겠지만, 어려운 수행을 당해 낼까?”

“제가 알고자 하는 일만 알아진다면 어떤 괴로움이라도 참겠

집을 떠나

습니다."

"알려고 하는 일이 무엇이지?"

"사람의 생, 노, 병, 사입니다."

"음! 석가모니 부처님이 왕자 신분이었을 때 그런 문제로 대궐을 뛰쳐 나갔는데 너도 그런 문제로 의문을 깊이 품고 있단 말이냐?"

주지스님도 할아버지 무덤에서 만났던 스님과 같은 말을 했다.

"그렇습니다. 출가하면 그 이치를 알게 되겠는지요?"

"출가한다고 다 그 이치를 아는 것은 아니다."

"그러면 어떻게 하여야 그 이치를 알게 됩니까?"

"본인의 노력에 달렸지. 불경을 부지런히 읽어 그 뜻을 터득하고, 수행을 쌓고, 계율을 지키고, 그릇된 것을 막고, 악한 것을 버려서 마음을 닦고 깨달음을 얻으면 자연히 그 이치를 알게 되는 것이니라."

"가르치시는 대로 성심껏 하겠습니다."

서당은 두 손을 모아 굳게 다짐을 했다.

"후일 출가한 것을 후회하지는 않겠느냐?"

"스스로 결심하여 깨달음을 얻고자 출가하려는데 왜 후회를 하겠습니까?"

"그런 결심이 있다면 좋다. 이 땅에 불법이 널리 성하려면 똑똑한 젊은이들이 스스로 많이 모여 들어야 하거늘…."

주지스님은 서당의 출가를 승낙해 주었다.

출가하는 사람이 처음으로 하는 일은 머리를 깎는 것이다.

서당도 머리를 깎았다.

치렁치렁했던 길다란 머리칼이 땅 위에 떨어질 때마다 서당은 가슴이 섬뜩해짐을 느꼈다.

이제는 어제의 서당이 아니다.

부처님의 제자가 되어 깨달음을 얻어, 알고 싶던 일을 알게 되고 부처가 되어야 할 스님이 된 것이다.

세상과의 모든 인연도 끊고 오직 불법을 위해 수행을 해야 하는 몸이다.

서당의 머리카락은 한 올의 남김도 없이 다 깎여져 파르스름하게 되었다.

그 다음으로는 입었던 옷을 벗고 시커멓게 물들인 장삼으로 갈아 입었다.

주지스님이 내어 주는 염주도 목에 걸었다.

서당이라는 세상의 이름을 버리고, '원효'라는 스님의 이름으로 바꾸었다.

이제 몸 어느 한 구석도 옛날의 모습은 남아 있지 않았다.

원효는 열심히 불경 공부를 했고 수행을 쌓았다.

1. 살생을 하지 말라.
2. 도둑질을 하지 말라.
3. 삿된 행동을 하지 말라.
4. 거짓말을 하지 말라.
5. 아첨을 하지 말라.
6. 이간질을 하지 말라.
7. 나쁜 말을 하지 말라.

집을 떠나

8. 욕심을 부리지 말라.

9. 성내지 말라.

10. 어리석은 짓을 하지 말라.

원효는 이와 같은 불교의 열 가지 계율을 엄하게 지키면서 부처님께 염불도 열심히 했다. 가끔 도가 높은 스님의 말씀도 들었다. 타고난 총명이 워낙에 뛰어난 원효는 한두 번만 읽어도 웬만한 불경의 뜻은 혼자서 터득할 수가 있었다.

높은 스님의 설법에서 불교의 발생지가 천축(인도)이라는 것도 알았다.

불교가 신라로 들어오게 된 역사도 알게 되었고, 아도 스님과 법흥왕과 이차돈 때문에 불교가 흥하게 되었고, 절도 많이 세워지게 되었다는 것도 알았다.

당시 당나라에는 불교가 더욱 융성하고 이를 깨우치려고 힘쓰는 고승들도 많다는 것도 알게 되었고, 언젠가는 그 곳으로 가서 공부를 해야겠다는 생각도 했다.

'어차피 크게 깨달아 부처되기로 작정한 몸, 그 뜻을 이루지 않고서야 어찌 살아 있다고 하리.'

그렇게 마음을 먹게 되자 원효는 신도가 많고 번거로운 분황사를 떠나야겠다고 생각했다.

스님들과 신도가 들끓어 조용한 시간이 적고, 이들의 치닥거리를 하는 시간이 많아 조용히 불경을 공부하고 수행을 쌓아가기가 어려워서였다.

원효는 서라벌을 떠나기 위해 많은 불경을 모아 들었다.

집을 떠나

조용한 곳으로 가면 공부는 잘 되겠지만, 책을 구하기가 어려울 것이라 여겼기 때문이었다.

한 보따리의 불경을 구하게 된 원효는 주지스님에게 사정을 이야기하고 분황사를 떠났다.

원효의 발걸음은 고향인 압량군 불지촌으로 옮겨졌다.

분황사에서 지낸 지 일 년 만이었다.

복작거리던 서라벌에 비하면 압량군은 조용하고 아담한 마을이었다.

집으로 들어가 보았다.

일 년 동안이나 사람이 살지 않고 비워 두었기 때문에 원효의 집은 형편없이 허물어져 있었다.

다 허물어진 자기 집을 바라보던 원효는 한 가지 그럴 듯한 생각을 하였다.

조용한 곳을 찾아 다른 곳으로 가느니보다는, 자기의 집을 절로 만들어 그 속에서 공부를 하는 편이 좋겠다는 생각이 든 것이다.

생각이 여기에 미친 원효는 곧 자기의 집을 절로 만들기 시작했다.

원효가 자기의 살림집을 절로 고친다는 말을 들은 동네 사람들은 하나같이 달려 와서 원효를 도왔다.

전 날 잉피공에게서 은혜를 입은 동네 사람도 있고, 원효와 함께 병정 놀이를 하던 친구들도 있었다.

새로이 크게 세우는 절이 아니고, 살림집의 뼈대는 그대로 두고 부처님을 모실 법당과, 자신이 거처하는 방과, 또 손님이 들

때 쓸 방 하나만을 만드는 조그만 불사인지라, 크게 힘이 들지도 않았고 오래 걸리지도 않았다.

시작한 지 얼마 되지 않아서 아담한 절이 세워졌다.

원효는 이 절 이름을 '초개사'라 짓고, 서라벌로 나가 부처님 한 분을 모셔 왔다.

원효는 마음이 흡족했다.

자기가 세운 절에서 자기 혼자 마음대로 공부를 하고, 공부한 것을 지키고, 부처님께 염불도 열심히 했다.

아침, 낮, 저녁 하루에 세 번씩 꼭 염불로 부처님께 예배를 올렸다.

경건한 마음으로 예배를 하고는 십계를 엄히 지키면서 불경 공부를 했다.

밤이 이슥해서 눈을 붙일 때까지 원효는 잠시도 놀지 않았다.

서라벌에서 구해 가지고 온 부처님의 가르침이 씌여 있는 불경을 열심히 읽었다.

뜻을 가르쳐 주는 사람 없이 혼자 터득을 해야 되는 것이므로, 한 번 읽어서 모르면 두 번, 세 번, 몇 번이고 알 때까지 읽었다.

원래가 재주가 있고 총명했기 때문에 선생 없이도 그 어려운 불경의 뜻을 터득하게 되었고, 깊이와 넓이가 무한한 불교의 교리를 점차 터득하게 되었다.

달이 가고 해가 바뀌는 동안에 원효는 서라벌에서 가지고 온 불경을 다 읽고, 또 그 뜻도 확연히 알게 되었다.

날이 갈수록 원효의 덕은 높아갔다.

이제는 서라벌에 있는 어떤 승려도 원효를 따를 수 없을 정
도로 공부의 도가 높아졌다.

그래도 그는 게으름을 피우지 않았다.

말과 행동은 존경받을 수 있도록 했고, 계율을 엄히 지키는
모습이 마치 성인과 같았다.

어려운 사람은 도와주었고, 병든 사람은 불공을 들여 고쳐 주
었으며, 노인을 공경했고, 어린이를 사랑했다.

동네 사람들은 원효를 산 부처라 말하고, 열심히 따랐다.

사람들은 이따금 초개사로 몰려 와서 불교에 대한 설법을 베
풀어 달라고 조르기도 했다. 그럴 때면 원효는 온화한 얼굴로
사람들이 알아 듣기 쉽게 불법을 강설해 주곤 했다.

불교의 가르침을 처음으로 정리하고 만든 분이 석가모니 부
처님입니다.

그는 카필라 성의 왕이었던 정반왕과 마야 왕비 사이에서 왕
자로 태어났습니다.

왕비는 왕자를 낳은 지 이레 만에 세상을 떠났고, 그는 이모와
궁녀들의 손에 길러졌습니다.

그가 태어나던 날, 왕은 그 나라에서 가장 도가 뛰어난 아시
타라는 도인을 불러 오게 하여 아이의 장래를 알아 봐 달라고
부탁했습니다.

아이의 상을 가만히 보던 아시타 도인이 갑자기 눈물을 주루
룩 흘렸습니다.

"아니, 우리 왕자에게 좋지 않은 일이 있소?"

왕이 깜짝 놀라 물었습니다.

“아닙니다. 왕자의 상을 보니 틀림없이 큰 성인이 되실 분이시옵니다. 이 세상 모든 사람들이 우러러보는 그런 분이 되실 것이옵니다. 저는 이제 나이가 많아 왕자님이 성인이 되는 것을 보지 못하는 것이 안타까워 무심코 흘린 눈물이옵니다.”

왕은 고개를 끄덕이며 왕자가 슬기롭고 튼튼하게 자라서 자기의 뒤를 이어 이 나라 백성을 잘 다스리는 왕이 되어 주었으면 했습니다.

왕자는 무럭무럭 잘 자랐습니다.

어느 날 대궐에서 밖으로 나가려던 왕자는 문을 나서자마자 처음으로 이 세상에 태어나는 아기를 보았습니다.

갓 태어난 아기는 무엇 때문인지 앙앙 울고 있었습니다.

왕자는 그 아기가 왜 무엇 때문에 태어나자마자 그렇게 울고 있는지 그 이유를 몰랐습니다.

“사람은 누구나 저런 모습으로 태어나지요.”

옆에 따라오던 하인이 일러 주었지만 왕자에게는 속 시원한 답이 되지 않았습니다.

그 다음에는 대궐 문 밖에서 늙어서 병들어 고통을 받는 사람을 만났습니다. 죽음을 서러워하는 사람도 만났습니다.

“누구나 다 나이가 많아 늙게 되면 저렇게 된답니다.”

하인이 대답해 주었으나, 왕자는 역시 뜻을 알 수 없었습니다.

그 뒤부터 왕자는 많은 고민에 빠지게 되었습니다.

‘사람들은 왜 태어나고 왜 늙어서 병이 들어 끝내는 죽고 마는 것일까? 늙거나 병들고 죽지 않을 수는 없을까?’

집을 떠나

그러나 아무리 생각해도 거기에 대한 해답은 떠오르지 않았습니다.

마침내 왕자는 그 문제의 답을 해결하기 위해 아버지인 왕 몰래 대궐을 나섰습니다.

그리고 이름난 스승을 찾아다녔습니다.

그렇지만, 아무도 그 문제의 답을 해결해 주는 사람은 없었습니다. 오히려 쓸데 없는 것을 다 묻고 다닌다고 핀잔만 주기 일쑤였습니다.

그러면 그럴수록 왕자의 머리 속에는 그것을 알고 싶은 욕망이 그치지 않았습니다.

'좋다. 누가 가르쳐 주지 않으면 나 혼자 스스로 깨달을 수밖에 없다.'

이렇게 생각한 왕자는 혼자서라도 공부를 해서 깨달아야겠다고 생각하고 눈 덮인 설산으로 들어갔습니다.

설산 동자.

왕자는 이제 자기의 높은 신분도 고귀한 이름도 다 버리고 설산 동자가 되었습니다.

일 년, 이 년, 삼 년…, 오 년, 육 년….

세월이 자꾸만 흘러갔습니다.

그 무렵 하늘 나라는 제석천이라는 임금님이 다스리고 있었습니다.

그는 설산 동자가 산 속에 들어 와서 수도를 시작한 날부터 지금까지 그를 계속 지켜 보아 왔습니다.

"참으로 대단한 끈기다. 저만한 각오가 되어 있다면 장차 어지러운 인간 세계를 구할 수 있는 부처가 될 수도 있겠다. 하지만 설산 동자의 마음이 과연 깨달음만을 얻기 위하여 쇳덩이처럼 굳어 있을까? 만약에 어려운 상황에 처하게 되면 마음이 달라질 수 있을지도 몰라."

하늘 나라 임금님은 설산 동자를 시험해 보기로 하고 무시무시한 살인귀 나찰로 변하여 설산 동자가 있는 곳으로 내려 왔습니다.

나찰로 변한 하늘 나라 왕은 설산 동자가 앉아 있는 근처 나무 뒤에 숨어서 나지막하게 입을 열었습니다.

꽃은 피면 곧 지고
사람은 나면 이윽고 죽는다.
이 세상 모든 물건은
잠시라도 한 모양으로 머물지 아니하니,
특히 생명을 가진 사람은 피할 수 없는 법칙이니라.

하늘 나라 임금님이 노래하듯 읊는 소리를 들은 설산 동자는 깜짝 놀라 벌떡 일어났습니다.

'그렇구나. 왜 사람이 나서 병들고 늙고 죽어야 하는가 했더니 바로 이 세상 모든 만물이 어느 한 가지 모양으로 머무르지 않기 때문이구나. 아, 난 드디어 그것을 깨닫게 되었어.'

설산 동자는 춤이라도 추고 싶을 정도로 기뻤습니다. 오랫 동안 풀 수 없었던 그 어려운 문제가 풀렸기 때문입니다.

'그런데 조금 전에 그 소리는 누가 했을까? 그 분을 만나서 나머지 다른 구절을 들려 달라고 하자.'

설산 동자는 조금 전에 소리가 나던 곳으로 천천히 발걸음을 떼어 놓았습니다.

"앗!"

나무 뒤에 무시무시한 나찰이 서 있었습니다.

그 모습을 처음 보는 순간 설산 동자는 하마터면 뒤로 넘어질 뻔했습니다.

'이상하다. 조금 전에 그 말을 한 자가 바로 저 나찰이었단 말인가?'

설산 동자는 고개를 돌려 사방을 둘러보았습니다.

집을 떠나

그러나 그 근처에는 나찰 외에는 아무도 없었습니다.

'저렇게 흉칙한 나찰의 입에서 그와 같이 훌륭한 말이 나올 수 있을까? 아니야, 나찰이라 해서 무시해서는 안 돼. 만약에 나찰이라 하더라도 나보다 미리 깨달았으면 얼마든지 할 수 있지. 그와 같은 말을 했다면 나찰도 내 스승이 되는 셈이야.'

설산 동자는 이렇게 중얼거리고는 나찰 쪽으로 다가갔습니다.

나찰은 점점 더 무서운 표정을 지었습니다. 금방이라도 큰 입을 벌리며 달려 들 것만 같았습니다.

"조금 전에 그 말씀은 나찰 님께서 하신 것인가요?"

설산 동자는 공손히 물었습니다.

나찰은 대답대신 입만 쩝쩝 다셨습니다.

"들려 주십시오. 조금 전에 그 말씀 뒤에는 다른 구절이 더 있을 것입니다. 그 말씀을 나찰님께서 하셨다면 그 나머지 구절도 좀 가르쳐 주십시오."

"난 모른다. 다만 조금 전에는 배가 고파서 헛소리를 지껄였을 뿐이다."

나찰이 험상궂은 얼굴을 하며 중얼거렸습니다.

그 소리는 소름이 쫙 끼칠 정도로 흉칙한 소리였습니다.

헛소리를 지껄였다고 하더라도 제겐 큰 깨달음이었습니다. 오랫 동안 풀려고 하던 문제였습니다. 나머지 구절도 가르쳐 주십시오. 죽을 때까지 당신을 스승으로 모시고 제자가 되어 따르겠습니다."

"깨달음이고 나머지 구절이고 난 모른다. 난 다만 지금 몹시 배가 고플 뿐이다."

"드실 음식은 제가 구해다 드리겠습니다."
"내 먹을 것을 구해다 준다고?"
"그렇습니다."
"내가 먹는 음식은 사람 고기와 피인데도?"
설산 동자는 흠칫 놀랐습니다.
그러나, 곧 정신을 가다듬어 바로 섰습니다.
'그래, 좋은 가르침을 얻을 수만 있다면 이까짓 몸뚱이가 무
슨 소용이 있으랴. 이 몸을 바쳐서라도 가르침을 받자.'
설산 동자가 이렇게 속으로 중얼거릴 무렵 나찰은,
"아! 배고프다. 흐흐흐…."
하며 입맛을 쩝쩝 다셨습니다.
"잘 알겠습니다. 나머지를 마저 들려 주십시오. 그러면 이
몸을 당신에게 드리겠습니다."
설산 동자는 나찰 앞에 꿇어 앉았습니다.
"뭐라고? 넌 참 어리석고 바보스러운 놈이로구나. 그 까짓
헛소리를 듣고 몸뚱이를 바치겠다니…."
"아닙니다. 제가 알고 싶어 하던 것을 알았는데 무엇이 아깝겠
습니까? 어서 나머지 구절을 들려 주시고 이 몸을 가지십시오."
"흐흐흐흐…."
나찰은 다시 한번 징그럽게 웃고는 천천히 지껄였습니다.

살고 죽는 데 대한 생각이 없으면
쓸데 없는 욕심이나 두려움이 없어져
마침내 가장 편안한 마음을 얻게 된다.

나찰이 다시 읊었습니다.

나찰의 목소리라고 생각할 수 없을 정도로 맑고 엄숙한 목소리였습니다.

"자, 내 이야기는 끝났다. 어서 네 몸을 바쳐라."

나찰이 입맛을 쩝쩝 다시며 재촉을 했습니다.

그 소리는 소름이 쫙쫙 끼칠 만큼 징그러웠지만 설산 동자는 오히려 즐거운 표정이었습니다.

"잠깐만 기다리십시오. 마땅히 지금 당장 이 몸을 바쳐야 될 것입니다만, 제 몸이 없어지면 방금 들려 주신 말씀이 사람들에게 알려질 수 없사오니…."

설산 동자는 곧 근처에 있는 나무와 바위에 나찰이 들려 준 말들을 새기기 시작했습니다.

"누군가 이 나무 밑을 지나다가 이 글을 보거든 널리 사람들에게 펼쳐 주십시오."

설산 동자는 나찰의 말을 군데군데 새겨 놓았습니다.

그 사이에도 나찰은 배가 고프다고 재촉을 해댔습니다.

"네, 이제는 됐습니다. 제가 나무 위에 올라가서 뛰어 내릴 테니까 나를 받아 잡수십시오."

설산 동자는 곧 나무 위로 올라갔습니다.

"지금이라도 목숨이 아깝다고 생각되면 그만 두어도 돼."

나찰이 말했습니다.

"아닙니다. 약속은 지켜야지요. 제가 얻을 것은 마땅히 얻었는데 이제 와서 어찌 약속을 저버릴 수 있겠습니까?"

설산 동자는 말을 마치고 몸을 훌쩍 날려 뛰어 내렸습니다.

몸이 붕 뜨는 것 같은 느낌이 들었습니다.

설산 동자는 감았던 눈을 번쩍 떴습니다.

어느 새 자기의 몸이 연꽃 송이 위에 올라 앉아 있고, 나찰이었던 하늘 나라 임금님은 본래의 모습으로 돌아와 있었습니다.

어디선가 황홀하고 감미로운 노랫소리가 들려 왔습니다.

"이게 어찌된 일입니까?"

설산 동자가 눈을 휘둥그렇게 뜨고 물었습니다.

"당신을 시험해 보아 죄송합니다. 몸을 바쳐서까지 깨달음을 구하신 당신이야말로 진짜 부처님이십니다. 머지 않아 더 많은 깨달음을 얻어 이 세상을 구하시는 부처님이 되실 것입니다."

하늘 나라 임금님은 말을 마치고 하늘로 올라갔습니다.

설산 동자가 앉아 있는 머리 위로 아름다운 꽃송이가 분수처럼 쏟아져 내렸습니다.

감미로운 노랫소리도 함께 쏟아져 내렸습니다.

원효는 이렇게 사람들이 알아 듣기 쉽게 부처님의 이야기를 재미있게 해 주었다.

이야기를 들은 사람들의 눈에서는 감격의 눈물이 흘러 내렸다.

그는 불교의 교리만 터득한 것이 아니라, 문장에도 능했고, 글씨 또한 명필에 가까웠다.

원효의 이름은 널리 퍼지기 시작했다.

원효가 압량군 불지촌에서 수행하기 십 년.

가까운 동네에서 퍼지기 시작한 원효의 덕행은 차츰 먼 동네까지 번져 갔고, 그 소문은 마침내 서라벌에까지도 알려졌다.

"압량군 불지촌에 덕행 높은 원효라는 스님이 있다지?"

　"불경에 통하지 않은 것이 없고 설법을 그렇게 알기 쉽고 재미있게 잘 하는 스님이래."

　"그 스님 이야기를 들은 사람들치고 눈물을 안 흘리는 사람이 없을 정도라던데, 우리도 한 번 가보자구."

　한 번 소문이 번지기 시작하자 소문은 소문의 꼬리를 물고, 없는 사실까지도 달고 다니게 되었다.

　"원효 스님의 손만 가면 아무리 고치기 어려운 병도 낫는다는군."

　"벌써 죽을 사람을 수십 명이나 고쳤다더군."

　"원효 스님의 설법을 한 번만 들어도 속이 후련해져서 슬픔도 괴로움도 잊어버리게 된다는군."

　이런 소문이 퍼지기 시작하면서 멀리에서까지 원효의 설법을 듣고자 불지촌 초개사로 찾아오는 신도들이 많았다.

　그러나 원효는 자기가 불교의 진리를 아노라 내세우지도 않았고 고승이라 자처하지도 아니했다.

　"소승이 무엇을 안다고 설법을 하오리까. 아직은 공부 중이옵니다."

원효가 이토록 사양을 했지만 멀리서 찾아온 불신도들도 그대로 돌아가지 않았다.

"갈 길을 몰라 헤매는 중생을 구해 주소서. 참되게 살아가는 길을 일러 주소서. 나무 아미타불…."

신도들은 원효 앞에 무릎을 꿇고 법을 청하곤 했다.

그럴 때마다 원효는 더 사양할 수가 없어 설법해 주었다.

'한 사람이라도 더 많이 불법을 향해 찾아들게 하고 그들에게 참된 삶을 가르쳐 주는 것이 불법의 도리이거늘….'

해골 바가지의 물

　원효가 한창 이름을 날리고 있을 때, 원효 못지 않게 열심히 노력하는 젊은 스님 한 분이 또 있었다.

　황복사에 있는 의상 스님이었다.

　의상도 원효처럼 재주가 있고, 덕망이 있어 신도들에게 무척 존경을 받는 처지였다. 그러나 항상 자신이 부족하다고 소문난 고승을 찾아다니며 설법을 듣고자 하였다.

　좀 더 알고 좀 더 깨달아 부처가 되겠다는 생각에서였다.

　의상 역시 황복사에서 원효의 소문을 들었다.

　불경에 밝고, 덕행이 높고, 설법을 잘 하는 원효가 불지촌 초개사에서, 갈 길을 몰라 헤매는 중생을 건지고 있다는 소문을.

　항상 고승을 찾아다니며 설법을 들어 오던 의상은 소문을 듣자 곧 불지촌으로 원효를 찾아왔다.

　"어서 오십시오. 스님, 어떻게 이렇게 누추한 암자를 다 찾아 주셨습니까. 감사합니다."

　원효는 온화한 얼굴로 의상을 맞았다.

　원효를 한 번 보자 소문이 거짓이 아니었음을 의상은 곧 알아차릴 수가 있었다.

"스님의 높은 도덕을 들었습니다. 스님의 설법을 듣고 싶습
니다."

"부끄러운 말씀입니다. 아직 배움이 부족한 소승이 설법이 다
무엇입니까. 도리어 스님께서 높으신 도덕을 알려 주십시오."

원효나 의상이나 똑같이 앞으로 신라의 십대 성인이 될 고승
이다.

겸손한 마음과 화기 가득한 얼굴로 둘은 밤을 새워 가며 불
교에 대한 이야기를 주고 받았다.

이야기를 하는 동안 그들은 처음 만났으면서도 몇십 년이나
사귄 친구와 같은 다정함을 느끼었다.

절을 많이 지어야 한다는 이야기도 했다.

도가 높은 스님들이 많이 나와서 신라를 빛나게 해야 된다는
이야기도 했다.

어떻게 해서든 불법을 많이 공부해서 불법에 목마른 중생에
게 감로수를 주어야 할 것이 아니냐는 이야기도 주고 받았다.

삼장성교에 대한 토론도 했다.

부처님의 설법을 모아 놓은 경장, 불제자가 지켜야 할 규칙을
정리해 놓은 율장, 부처님의 가르침을 해석해 놓은 논장을 삼장
이라고 하는데 삼장을 다 깨우치면 모든 이론을 모두 깨우치게
되는 셈이다.

토론을 해 보니 삼장은 의상보다 원효가 더 많이 알고 있었다.

밤이 새는 줄도 몰랐다.

이렇게 이야기를 하는 동안에, 의상과 원효는 공부를 더 해야
된다는 데 의견을 같이했다.

"아무래도 완전한 불법을 배우려면 당나라로 가야죠."

의상의 말이었다.

이것은 원효도 오래 전부터 갖고 있던 생각이었다.

이 같은 생각은 비단 의상과 원효만이 하고 있는 생각은 아니었다.

그 당시의 불교인들은 당나라로 유학하는 것을 큰 자랑으로 여겼고, 또한 많은 학문을 배워 왔다.

그것은 불교의 종주국인 인도와 가까운 당나라에 훌륭한 승려가 많았기 때문이었다.

밤을 밝히면서 이야기의 꽃을 피우던 원효와 의상은 곧 기회를 마련하여 함께 당나라로 들어가 고승을 만나 불법을 공부해 오기로 뜻을 모았다.

진덕 여왕 4년.

원효와 의상은 당나라를 향해 길을 떠났다.

당나라 고승을 만나 불법을 배우려는 뜻을 이루려는 것이다.

당나라로 가는 길은 두 가지 길이 있었다.

하나는 백제나 고구려를 거치지 않고 직접 배를 타고 당나라로 가는 것이고, 다른 하나는 육로로 고구려를 지나 배를 타고 당나라로 가는 길이었다.

그런데 육로를 거치지 않고 배를 타고 당나라로 가는 길은 뱃길이라 툭하면 폭풍우와 풍랑을 만나서 항상 위험했다.

또 중도에서 파도를 만나지 않는다고 해도 몇 달은 걸려야 되고, 거기에다가 당나라로 가는 배가 언제나 있는 것이 아니었다.

배를 기다리려면 한 달도 걸리고 두 달도 걸린다. 때로는 반

년, 일 년이 걸리는 수도 있다.

그러나 육로를 택하면 바닷길같이 위험한 풍랑은 없고, 시일이 오래 걸려야 할 불편은 없었다.

다만 고구려 땅을 밟고 지나가야 된다는 어려움 때문에 그 길도 쉬운 길은 아니었다. 그 당시 신라와 고구려는 오래 전부터 싸움을 계속해 왔기 때문에 두 나라 사이가 아주 좋지 않았었다.

그뿐만 아니라, 김유신, 김춘추 같은 분들이 삼국 통일을 서둘러 고구려를 위협하고 있었으므로, 두 나라의 감정은 극도로 악화되어 서로 두 나라 사람의 왕래를 엄금하고 있었다.

고구려 사람이 신라로 들어 왔다가 들키든지, 신라 사람이 고구려로 들어 갔다가 들키는 날이면 엄벌을 받게 되어 있었다.

두 사람은 어느 길을 택해야 할지 얼른 결정을 하지 못했다.

"바닷길은 아무래도 파도가 위험하고 날짜를 기약할 수 없으니 육로를 택합시다."

의상이 제의했다.

"육로도 쉬운 길은 아닐 터인데…."

"고구려의 감시가 엄해서 그렇지요. 소승도 그게 걱정은 됩니다만 우리야 얼굴 생김새도 같고 말투도 같은데 쉽게 그들 눈에 띄겠습니까? 더구나 우리 승려들의 법의는 고구려나 신라나 별 차이가 없으니 이상하게 볼 리도 없을 터이고 또 비록 들통이 난다고 하더라도 속인도 아닌 승려가 불법을 구하러 당나라로 간다는데 설마 잡아 어쩌지야 않겠지요."

"물론 우리야 죄가 없으니 걱정될 게 없고, 죽고 사는 것은 생각하기에 달려 있는 것이니, 죽는 것이 두려울 것은 없지만, 깨달음을 얻지 못하고 죽음을 당하는 것은, 불교를 모르고 중이 되지 않는 사람의 죽음과 다를 게 뭐 있겠소. 억울한 죽음은 피해야겠기에….."

"그래도 우리가 하루 빨리 당나라로 가서 고승을 만나 불법을 배우려면 그 길이 더 낫다고 생각됩니다."

"좋소이다. 그럼 스님 말씀대로 우리 육로를 선택해 봅시다."

원효는 더 이상 자기의 주장을 내세우지 않았다.

두 사람은 신라와 고구려의 국경까지 무사히 도착했다.

불교가 새로이 흥성해 가는 때였으므로 원효와 의상이 문 앞에서 목탁을 두드리며 염불을 하면 사람들은 돈이나 쌀을 주었고 잠까지 재워 주었다.

국경도 무난히 넘어 그들은 고구려 땅을 밟게 되었다.

고구려는 신라보다 먼저 불교가 퍼진 나라였으므로, 원효와 의상을 대해 주는 품이 신라보다도 더 친절하고 다정스러웠다.

문 앞에서 목탁을 두드리고 염불을 외우며 시주를 청하면, 두 말 하지 않고 두 사람을 안으로 인도했다. 그리고 더운 밥을 대접해 주기도 하고, 잠자리를 마련해 주기도 했다.

다음 날 아침 그들이 길을 떠나려 하면,

"당나라까지는 길이 멀어서 고생도 많으실 겁니다. 부디 몸 조심하시고 무사히 당나라까지 도착하시어 뜻을 이루십시오."
하면서 여비까지 보태어 주기도 했다.

"나무 아미타불…복 많이 받으십시오."

그럴 때마다 원효와 의상은 가슴이 훈훈해짐을 느끼며 그들을 위해 염불을 해 주었다.

그들은 이렇게 순후한 사람들이 어째서 신라인 자기 나라와 원수같이 지내는지 알 수가 없었다.

싸움은 반드시 이기고 지는 쪽이 생기게 마련이다.

한 편이 이기면 다른 한 편은 반드시 지게 되어 있다.

이기는 자는 즐겁고, 지는 자는 슬프다.

하지만 이기는 나라가 언제까지나 계속해서 싸움에서 이기리라는 보장은 없다. 언젠가는 질 때도 있는 것이다.

그 때는 전 날의 기쁨은 사라지고 슬픔을 느껴야 한다.

또한 이겼다고 해서 다 좋은 것도 아니다. 이기는 편 역시 다치는 자도 생기고 죽는 자도 생기는 법이다.

사람만 희생되는 것도 아니다.

재물이 없어지고 양식이 불살라져 버린다.

집이 파괴되고 성이 무너지게 되어 있다.

그것이 싸움이다.

왜, 무엇 때문에 싸우는지 모를 일이다.

더구나 신라나 고구려나 백제 사람들 모두 똑같은 단군의 후손들이 아닌가.

'어떻게 하면 이 세 나라가 싸우지 않고 살아갈 수가 있을까?'

길을 가면서도 사람들을 만나면서도 원효는 그 생각을 했다.

김유신, 김춘추의 무력으로써의 삼국 통일론과는 달리 원효는 싸움 없이 살 수 있는 길을 생각해 보았다.

피를 흘리지 않고 평화적으로 나라가 합쳐지는 것이 부처님의 뜻이라는 생각이 들었다.

'다른 길이 없다. 얼른 당나라로 들어 가 인도에서 공부를 하고 돌아 온 고승을 만나 도를 통해서, 싸움을 즐기는 사람에게 부처의 뜻을 감화시켜 싸움을 피하는 사람들이 되도록 해야 되겠다.'

하루 이틀 사흘….

길 떠난 지 한 달이나 걸려 마침내 요동 땅까지 들어 왔다.

조금만 더 가면 당나라로 건너 갈 배를 타게 된다.

배만 타면 모든 승려들이 가 보고 싶어 하는 당나라로 들어 가게 된다.

원효와 의상은 부푼 가슴을 울렁이며 배를 탈 수 있는 곳을 향해 걸었다.

"별 일이 없어 다행이군요."

"그래요, 사실 지나오면서도 많은 걱정을 했지요."

"예, 바다로 가지 않고 이 곳으로 오게 된 것은 정말 잘 선택한 것 같습니다."

"예, 저도 그렇게 생각하고 있었습니다. 정말 다행입니다. 부처님의 보살핌이 있었으리라 믿습니다."

그들은 이렇게 말하면서 바삐 걸음을 옮겼다.

그러나 그 같은 기쁨도 순간이었다.

"거기 가는 스님들 잠깐 걸음을 멈추시오."

거의 배를 타는 곳이 보이는 곳까지 왔을 무렵이었다.

느닷없이 등 뒤에서 이런 소리가 들려 왔다.

"아니, 우리를 부르는 소리 아닌가요?"

“글쎄요.”

원효와 의상은 고개를 갸웃거리며 걸음을 멈추었다.

그리고 뒤를 돌아 보았다.

험상궂게 생긴 세 명의 순라군이 창을 든 채 헐레벌떡 그들에게로 달려 오고 있었다.

“…?”

“…?”

원효와 의상은 서로 얼굴을 바라보았다.

웬지 불길한 생각이 빠르게 머리 속으로 스쳐 지나갔다.

“어디로 가는 사람들이오?”

순라군들이 원효와 의상의 아래 위를 훑어 보며 물었다.

“당나라로 가는 길입니다.”

원효가 나직이, 그리고 태연하게 대답을 했다.

마음의 동요가 조금도 없는 편안한 얼굴이었다.

“당나라? 거긴 뭐하러 가오?”

뒤따라 온 순라군이 원효를 쏘아보며 다시 물었다.

“법을 구하러 가지요.”

이 번엔 의상이 나서며 대답을 했다.

“법? 법이 뭔가?”

이제는 거의 반말이었다.

“부처님의 가르침이지요. 당나라에는 이름난 스님들이 많기 때문에 그 분들을 찾아가 가르침을 배운다는 것이지요.”

원효가 차근차근 설명했다.

“어느 절 중이오?”

해골바가지의 물

처음 달려 왔던 포졸의 물음이었다. 불교의 십계에는 거짓말을 하지 말라는 계율이 있다.

신라의 십성이 될 원효와 의상의 입에서 거짓말이 나올 리 없었다.

"초개사의 중입니다."

원효가 망설이지 않고 대답을 했다.

"초개사?"

처음 들어 본 절 이름이라는 듯, 순라군들은 서로 얼굴을 쳐다 본다.

"당신도?"

한 순라군이 의상을 보고 물었다.

"나는 황복사에 있는 중입니다."

의상도 부드러운 미소를 잃지 않았다.

"황복사의 중? 옳거니, 그럼 그렇지."

그는 무릎을 탁 쳤다.

신라 서라벌에 있는 황복사는 알고 있었던 모양이다.

"역시 우리의 생각이 들어 맞았군."

키가 가장 작은 순라군이 거 보라는 듯이 두 동료들을 쳐다 보았다.

"가자."

원효와 의상의 앞을 가로막은 순라군들의 표정은 금세 더 험악해졌다.

원효와 의상은 순간 뭔가 크게 어긋나고 있다는 것을 느꼈다.

"가다뇨, 어디로?"

원효가 침착하게 물었다.

"어딜 가자는지 몰라서 묻는 거야? 이 신라 첩자들아!"

역시 느끼고 있었던 것처럼 엄청나게 엉뚱한 곳으로 잘못되어 가고 있었다.

그러나 원효와 의상은 조금도 당황하지 않고 침착했다.

"첩자라니요. 천부당 만부당한 말씀입니다. 보시다시피 우리는 당나라로 불법 공부를 하러 가는 중들이라니까요."

"엉큼한 수작 그만 하고 솔직하게 이야기해. 승려 행색으로 우리 눈을 속이고 첩자 노릇을 한 자들이 어디 한둘인 줄 알아?"

순라군들은 눈을 부라리며 한 발 더 다가섰다. 당장에 창이라도 휘두를 기세였다.

그러나 원효는 당황하지 않고 몹시 부드럽게 말했다.

"부처님의 가르침을 행하는 자들이 어찌 중 아니면서 중이라 거짓말을 할 것이며, 우리가 첩자라면 어찌 신라 사람이라 사실대로 말하겠습니까?"

반박할 수 없는 조리 있는 말이었다.

그러나 한번 의심을 품었던 순라군은 끝내 원효와 의상의 말을 믿지 않았다. 원효와 의상은 요동 순라청까지 끌려 갔다.

그들은 옥에 갇히게 되었다.

첫 날은 아무 조사도 하지 않고 원효는 원효대로 의상은 의상대로 각각 다른 방에 가두어 두기만 했다.

'이럴 줄 알았더라면 차라리 조금 험하더라도 물길로 갈 걸…'

의상은 진정으로 후회를 했다.

'원효 스님이 나를 원망이나 하지 않을까? 나 때문에 이런 어려움을 겪게 되었는데…. 아니, 고구려 사람들은 모두 선하고 양같이 어질던데 국경을 지키는 순라군들은 왜 그렇게 이해심이 없담. 하기야 그들 탓은 아니지.

그들이야 무슨 죄가 있나? 자기가 맡은 일을 다하는 것인데…. 우리 승려 복장을 하고 첩자 노릇을 한 자들이 있었다니 그들이 나빴지. 첩자로 몰렸으니 사형을 당할지도 모를 일인데 이거야말로 얼마나 원통한 일인가?

죽는 거야 사람이 이 세상에 태어나면 언젠가는 죽을 목숨이니 그거야 원통하지 않은데 불교가 뒤떨어진 우리 신라에 불법을 펼쳐 싸움 없는 나라를 만들려던 큰 뜻을 이루지 못하게 되는 것이 억울하지. 그나저나 원효 스님과 같은 방에나 있게 했으면 서로 답답한 심정 이야기나 나누지. 에라, 부처님이나 불러 보자. 나무 아미타불, 관세음보살….'

그 무렵 원효도 담담하게 염불을 하고 있었다.

"나무 아미타불 관세음보살…."

"나무 아미타불 관세음보살, 성내고 어리석고 무지한 고구려 군사들에게 밝은 마음과 맑은 마음을 갖게 해 주시옵소서…."

원효는 의상과 함께 닷새 만에 옥에서 끌어내어져 무서운 고문을 당하기 시작하였다.

첩자라는 사실을 자백하고 첩자 노릇을 한 사실을 바른 대로 털어 놓으라고 했다.

오랏줄로 몸을 꽁꽁 묶어 놓고 매질도 했다.

주리를 틀기도 했다.

손가락 사이에 막대를 끼고 비틀어 틀기도 했다.
아픔과 괴로움은 이루 말할 수 없었다.
그러나 원효와 의상은 혀를 깨물고 아프다는 비명을 지르지
아니했다.
그렇다고 괴로움과 아픔을 못 이겨, 없는 죄를 있다고 거짓
자백도 하지 않았다.
간첩으로 몰려서 죽는 것이 원
통해서 거짓 자백을 하지
않는 것이 아니었다.

해골바가지의 물

불교의 십계 가운데 한 가지인 거짓말을 하지 않으려는 마음
에서다.

매에 못 이겨 죽는 한이 있더라도 부처님의 계율을 지키다
죽으려는 것이었고, 보통사람처럼 아픔을 못 이기고 괴로워하
는 모습을 보이기가 싫어서였다.

사나운 매가 몸 위에 떨어지고,

"이 놈들, 바른 대로 말해라."

하는 호통이 내려질 때마다 원효와 의상은

"당나라로 불법을 구하러 가는 중입니다."

하는 말만 되풀이하고 기회만 있게 되면, 나무 아미타불, 관세
음보살을 불렀다.

"그 놈들 지독한 놈들이다. 다시 옥에 가두어라."

원효와 의상은 다시 옥에 갇히게 되었다.

전신이 쑤시고 아렸고, 욱신거려 잠도 오지 않았다.

불경에서 읽은 지옥이 여긴가 싶을 정도였다.

"나무 아미타불 관세음보살…."

"나무 아미타불 관세음보살…."

그들은 아픔을 참고 지성으로 염불을 했다.

'아니 저것들이 진짜 불법을 찾으러 가는 중들이었단 말인
가?'

고구려 순라청에서는 원효와 의상을 무섭게 고문을 한 뒤에
그들의 동정을 살폈다.

때로는 같은 감방에 가두어 두고 무슨 말을 하는지 어떤 행
동을 하는지 알아보기도 했다. 따로 가두어 두고 어떤 짓을 하

는지도 감시했다.

진짜 중인가, 그렇지 않으면 밀정인가를 알아 보기 위해서였다.

"아무래도 그들은 스님들이 맞는 것 같습니다. 그렇게 매를 맞고 고통스러운 몸으로도 무릎을 꿇고 참선을 하며 불경을 외우고 있었습니다."

"예, 아무리 살펴 보아도 그들의 언동에 수상한 점이라고는 전혀 없었습니다."

이같은 사실은 매일같이 순라청에 보고 되었다.

"그렇담, 정녕 불법을 구하러 가던 스님이었단 말인가?"

"진정 그런 것만 같사옵니다. 언동이 성스럽게만 보이고 간첩 같은 간특한 모습은 조금도 나타나지 않습니다."

"음! 위로는 임금님부터 불교를 널리 숭상하는 우리 고구려에서 죄 없는 스님을 첩자로 몰아서 죽일 수는 없는 일이 아니더냐? 사실이 그렇다면 더 이상 옥에 가두어 둘 필요가 없으니 옥에서 내 보내라."

순라군 상관은 그들의 석방을 허락했다.

"예이."

"그러나 그들을 그대로 당나라에 들어가게 할 수는 없는 터이니 그대로 신라로 돌아가도록 해라."

이렇게 하여 원효와 의상은 고구려에서 수십 일을 보내다가 뜻을 이루지 못한 채 아픈 몸을 이끌고 신라로 쫓겨 돌아와야 했다.

신라로 쫓겨 오게 된 원효와 의상은 서라벌 황복사에서 헤어졌다.

“스님! 차라리 물길을 택할 걸 공연히 제가 우겨 가지고…….”

의상은 진정 미안한 마음으로 사과를 했다.

아니지요. 우리야 부처님의 뜻대로 움직이는 사람들, 아직은 부처님의 뜻이 아니었나 봅니다. 또 기회가 있겠지요. 다만…….”

“다만 무엇이옵니까?”

의상이 이상한 눈초리로 원효를 바라보았다.

“스님께서도 그런 마음을 지니고 계실 줄 압니다만.”

“무슨 말씀이십니까?”

“우리가 고구려에서 당한 일을 입 밖에 내지 말자는 것입니다.”

“처음부터 남 모르게 떠났던 길이었는데, 돌아 와서 그 말을 꺼낼 필요가 있겠습니까?”

“부끄러운 것보다도 우리가 고구려에서 당한 일이 퍼지게 되면 나라에선 그 사실을 분하게 여기고, 고구려와 또 싸움을 벌이게 되는지도 모르는 일이 아닙니까? 싸움이 벌어지면 죽는 사람이 생기고 다치는 사람이 생기고… 많은 사람들이 괴로움을 당하게 될 것은 뻔한 일이 아니겠습니까?”

“스님의 생각이 바로 소승의 생각입니다. 염려 마십시오.”

“그럼, 스님 안녕히, 몸 조심 하십시오.”

“스님께서도 돌아 가셔서 몸 조리 잘 하십시오.”

원효는 아픈 몸을 이끌고 초개사로 돌아 왔다.

옥중에서 오랫 동안 고생을 하고 모진 매를 맞고, 또 먼길을 걸었는지라 원효는 초개사로 돌아 와 얼마 동안을 심하게 앓았다.

사람들이 어디를 갔다가 이렇게 오래간 만에 돌아 왔느냐고 물으면,

"전국을 순례하면서 절을 찾아다니고 왔습니다."하고 대답을 했다.

며칠 동안 앓고 일어난 원효는 전같이 새벽, 낮, 저녁으로 부처님께 염불과 예배를 드렸다. 그러고는 열심히 불경을 읽으면서 찾아오는 사람들에게 불법을 폈다.

그러나 한 번 먹은 뜻은 머리에서 사라지지 아니했다.

부족한 공부에 대한 미련은 목마를 때의 갈증처럼 점점 더 커져 갔다.

고구려에서 그토록 곤욕을 당했으면서도, 당나라로 들어 가 고승을 만나 불법을 구해 보겠다는 생각은 머리에서 떠나지 않았다.

원효와 헤어져 황복사로 돌아간 의상의 생각도 마찬가지였다.

"뜻이 있는 곳에 길이 있다고 했습니다."

원효와 의상은 편지를 주고 받으며 당나라로 들어갈 기회를 기다리고 있었다.

기회는 곧 찾아왔다.

의상에게서 신라로 왔던 당나라 사신이 돌아가는 배 편이 있으니 그 배를 타고 당나라로 들어가자고 하는 내용의 편지가 왔다.

고구려에서 쫓겨 돌아온 지 두 달이 지났을 무렵이었다.

원효는 의상과 함께 배를 타고 당나라로 들어가기로 결심했다.

시일이 오래 걸리고 심한 풍랑이 염려되었지만, 고구려나 백제를 거쳐서 가는 길이 아니기 때문에 남에게 의심 받지 아니하고 갈 수가 있는 마음 편한 뱃길이었다.

원효와 의상은 즉시 당나라 행 배가 떠나는 항구로 나갔다.

얼마 후 당나라 사신 일행이 항구에 이르렀다.

"소승들은 당나라로 들어가 불법을 구하고 싶은데 배편이 없어 그러니 배를 태워 주실 수는 없으신지요?"

원효와 의상은 당나라 사신 일행에게 사정을 이야기했다.

"그래요? 거 잘되었소이다. 나도 부처님을 믿는 사람이라오. 같이 가십시다. 가시면서 좋은 말씀도 많이 들려 주시구요."

사신은 선뜻 승낙을 해 주었다.

"감사합니다. 나무 관세음보살…."

마침내 배가 항구에서 떠났다.

바람 한 점 없는 잔잔한 날씨였다.

물결도 잔잔했다.

풍랑 같은 것은 있을 것 같지도 않은 잔잔한 물결이었다.

배가 당나라 땅에 닿을 때까지 수십 일 동안 물결은 항상 잔잔하게 일어 당나라에 무사히 도착할 수 있었다.

"원래 바닷길이란 하루 뒤를 예상할 수 없을 정도로 변화가 심한 곳인데 이렇게 큰 파도 한 번 만나지 않고 올 수 있었던 것은 훌륭한 스님들이 타고 있어서 그런가 봅니다."

당나라 사신이 웃으며 말했다.

"원 별 말씀을요. 모두 부처님께서 보살펴 주신 은덕이 아닌가 싶습니다."

"나무 아미타불…."

원효와 의상은 부처님께 감사를 드렸다.

진정 부처님의 비호였는지도 모른다.

그들이 처음 내린 곳은 양주라는 곳이었다.

날이 저물었다.

당나라 사신은 원효와 의상을 양주 태수의 집으로 안내 해 주었다.

"어서 오십시오. 기다리고 있던 중입니다. 잘 와 주셨습니다."

양주 태수 유지인은 이들을 반갑게 맞아 주었다.

저녁 식사도 미리 준비해 놓고 기다리고 있었던 것처럼 원효와 의상이 방으로 들어가 앉기가 무섭게 저녁상을 차려 내 왔다.

"정말 반갑습니다. 이렇게 훌륭한 스님들을 만나게 되어서요."

밥상을 물린 뒤, 유지인이 말했다.

"별 말씀을요. 그런데 처음 이 댁에 들어섰을 때 태수님께서는 저희들을 기다리고 계셨다고 했습니다. 그게 무슨 말씀이었는지요? 저희들이 올 것을 어떻게 아시고."

의상이 이상하다는 듯 물었다.

"아, 그거요? 제가 스님들을 기다리게 된 까닭을 말씀 드리지요."

양주 태수 유지인은 이야기를 시작했다.

유지인은 착실한 불교 신자였다.

출가를 해서 스님이 되지만 않았을 뿐, 스님 못지 않게 불경도 알고 부처님의 계율도 지켰으며 덕을 쌓는 사람이었다.

"어젯밤에 꿈을 꾸었지요. 큰 나무 한 그루가 해동(신라를 말함)으로부터 우리 집 앞까지 뻗쳐 오더이다. 그러더니 나뭇가지들이 순식간에 퍼져 우리 집을 덮었는데 나무 위에는 긴 꼬리를 가진 봉황이 앉아 있는 둥우리가 하나 있었어요. 신기한

마음으로 그 나무 위로 올라가 보았더니, 봉황은 날아가고 그 둥우리 속에는 마니보주(악과 재앙을 쫓는 염주)가 하나 놓여 있었지요. 그 구슬빛이 얼마나 강한지 눈을 뜨고는 바라볼 수가 없었습니다.

깜짝 놀라는 순간 잠에서 깨어났지요. 해동에서 큰 나뭇가지가 뻗어 우리 나라까지 왔고, 그 나무 위에는 봉황과 마니보주가 있는 것을 보면 틀림없이 성인이 찾아오는 것이라고 믿고 기다리고 있었지요."

유지인의 말은 사실이었다.

그는 날이 밝기가 무섭게 집 안팎을 깨끗이 청소하고, 누군가가 찾아오기를 기다리고 있었다는 것이다.

양주 태수 유지인의 이야기를 들은 두 사람은 이상한 마음이 들었다.

자기들은 불법을 구하고자 당나라로 들어온 신라의 이름 없는 중인데, 그 같은 예시가 당나라 사람에게 나타나다니 너무도 생각 밖의 일이었다.

"아마 저희가 아닌 다른 스님이 찾아오실 예시겠지요. 소승들은 신라의 하잘 것 없는 중들일 뿐입니다."

의상이 겸손하게 말했다.

"아닙니다. 분명 두 분 대사님이라 믿습니다."

다음 날 두 사람은 더 머물다가 떠나라고 한사코 잡는 양주 태수와 헤어져 길을 떠났다.

"낙양 길이 멀어 하루라도 빨리 떠나야 되겠습니다."

목적지인 당나라 서울 낙양까지는 수천 리가 되는 먼 길이었다.

그 먼 길을 걸어야만 된다.

고행길이 시작된 것이다.

그러나 그런 것은 이미 각오한 몸이었다.

하루 종일 길을 걷다가 저녁 때가 되면 인가를 찾아 저녁 밥을 동냥하고 하룻밤 지내고 가기를 청했다.

다행히 인심 좋은 사람을 만나면 저녁과 잠자리를 해결할 수 있었지만 그렇지 못할 때에는 냉수로 허기를 메우고, 남의 집 헛간에서나 큰 나무 아래서 밤을 새우기도 여러 번 했다.

사람들의 찬 냉대에도 그들은 상관하지 않았다.

며칠 동안 계속 걸어 발바닥이 부르트고 몸이 나른해서 더 걷기가 힘들어도 그들은 모두 이겨냈다.

불법을 얻는다면 아니 얻기 위해서는 어떤 괴로움도 참을 수 있을 것 같았다.

그러던 어느 날이었다.

하루 종일 지친 다리와 부르튼 발을 이끌고 하염없이 걷다 보니 어느 새 해는 이미 기울어지고 어둠이 깔리기 시작했다.

엎친 데 덮친 격으로 해가 지면서 후두둑 후두둑 빗방울까지 떨어졌다.

"이크, 비가 오네."

"그러기에요, 날은 저물고….."

그들은 난처한 얼굴로 사방을 둘러 보았다.

주위는 인가라고는 그림자조차 보이지 않는 허허벌판이었다.

길 양 옆으로 울멍울멍한 무엇이 있었지만 그것이 무엇인지는 알 수가 없었다.

나무가 없는 것으로 보아 산은 아니고, 사람의 그림자가 없는 것으로 보아 마을이 아닌 것은 분명했다.

땅거미가 지고 어둠이 짙게 깔렸다.

빗방울은 더 거세어 졌다.

어디가 어딘지 지척을 분간할 수가 없게 되었다.

"어쩌죠?"

의상이 옆을 돌아보며 물었다.

"글쎄요. 인가라고는 없는 벌판에서 비까지 만났으니….."

원효도 초조하기는 마찬가지였다.

"어디 비각이나 사당이라도 있었으면 좋겠는데요."

"찾아봅시다."

두 사람은 손바닥을 펴서 머리에 떨어지는 비를 막으며 부지런히 움직였다. 처적처적 떨어지는 빗방울은 점점 커지고 있었다.

"큰 일 났네."

그들은 발걸음을 빨리 했다.

"아! 저길 좀 봐요. 저기가 좋겠습니다."

원효가 손가락으로 가리켰다.

"무엇이 있습니까?"

의상이 물었다.

"저기 길 옆에 동굴 같은 곳이 하나 있습니다."

원효가 손을 들어 길 옆을 손가락으로 가리켰다.

비 오는 어둠 속이라 자세히 보이지 않았지만, 희미하게나마 동굴 같은 곳이 보였다.

"좋습니다. 가시죠."

원효와 의상은 걸음을 빨리해서 그 곳으로 달려 갔다.

그 곳은 무덤이었다.

그 당시 중국 풍습으로는 사람이 죽으면 굴을 파고 그 속에 관을 넣고 그 위에 넓적하고 커다란 바위를 덮었다.

"우리가 보았던 크고 작은 봉우리들은 모두 무덤이었습니다. 그러고 보니 우리가 공동묘지에 들어와 있군요."

"그래도 우리들이 비를 피하기에는 안성맞춤이로군요."

그들은 마주 보며 웃었다.

처음이 아니었다.

전에도 두 서너 번 이러한 사람의 무덤에서 날을 밝힌 일이 있었던 그들이었다.

　　원효와 의상은 바랑을 풀고 털썩 주저앉았다.

　　하루 종일 길을 걸었기 때문에 온 몸이 피곤했다. 털썩 주저앉아 잠시 피곤한 다리를 주물러 피곤을 풀었다.

　　"밥을 먹어야지요."

　　나이 적은 의상의 말이었다.

　　"먹어 두어야 내일 또 길을 걸을 수 있을 터이니까."

　　두 사람은 바랑 속에서 찬밥 덩이를 꺼냈다. 낮에 어느 마을에서 동냥한 밥 덩이였다.

　　제대로 반찬이 있을 리도 없다.

　　그러나 수행을 쌓으려는 그들이었고, 하루 종일 걷느라 허기가 진 배였다.

　　찬밥 덩이에 찬 없는 밥이었지만, 그들에게는 그나마 얼마나 고마운 밥인가. 그들은 마주 보며 맛있게 먹었다.

　　"물이 있었으면 좋겠는데…."

　　의상이 말했다.

　　"나도 지금 몹시 목이 마릅니다. 그러나 참을 수 밖에요. 송장만 뒹구는 이 공동 묘지에 먹을 물이 있겠습니까?"

　　원효도 이렇게 말은 했지만 목이 마른 것은 마찬가지였다.

　　그들은 잠을 청하기 위해 바랑을 베개 삼아 자리에 누웠다.

　　한밤중이 되었다.

　　얼핏 잠이 들었던 원효는 자리에서 벌떡 일어났다.

　　갑자기 목이 말라 심한 갈증이 있었기 때문이었다.

　　원효는 마른 침을 꿀꺽 삼키고 더듬더듬 밖으로 나왔다.

　　그 사이에도 의상은 쿨쿨 깊은 잠에 빠져 있었다.

바깥으로 나오니 억수같이 쏟아지던 비가 그치고 칠흑 같은 검은 하늘에는 별이 총총히 떠 있었다.

원효는 사방을 더듬거리며 물을 찾아 보았다.

총총히 떠 있는 별빛에 모든 사물이 희미하게 눈에 보였다.

"아아, 나무 아미타불."

원효는 자기도 모르게 큰 소리로 외쳤다.

사방을 두리번거리고 있는 원효의 눈에 물이 가득 고여 있는 사발이 하나 보였던 것이다.

"옳거니, 장사 때 사용하고 버린 사발에 빗물이 고인 것이로구나."

원효는 이렇게 생각하고 사발을 들어 단숨에 꿀꺽꿀꺽 마셨다.

꿀같이 단 물이었다.

"아, 관세음보살, 나무 아미타불."

원효는 속으로 부처님께 감사를 드리고 자리로 돌아와 누웠다. 갈증을 풀게 된 원효는 그대로 잠이 들었다.

새벽이 되었다.

일찌감치 잠에서 깬 두 사람은 밖으로 나왔다.

아직은 희뿌연 아침 안개가 산 허리를 감돌고 있었다.

그래도 어제 비가 내린 탓인지 비록 무덤 주위였지만 주위는 한결 맑고 깨끗했다.

"아니, 아니 이럴 수가? 으, 으악!"

발걸음을 멈추고 잠시 중얼거리던 원효의 입에서 비명이 터져 나왔다.

그의 발 밑에는 사람의 해골이 하나 구르고 있었다

허연 이빨을 가지런히 드러낸 하얀 해골에는 아직도 어젯밤 원효가 마시다가 만 물이 고여 있었다.

그 모습을 가만히 지켜 보던 원효는 우엑 우엑 하고 구역질을 하기 시작했다.

"아니, 스님, 갑자기 왜 그러십니까?"

의상이 가까이 다가와 원효의 어깨를 잡으며 물었다.

그러나 원효는 의상의 물음엔 대답을 않고, 그대로 계속 구역질을 했다.

"잡수신 것이 체하신 모양이죠?"

의상이 또 물었다. 원효는 아니라고 손을 내저었다.

한참을 그렇게 구역질을 하던 원효가 고개를 슬며시 들었다.

조금 전의 표정과는 달리 가벼운 미소까지 흐르는 얼굴이었다.

"모든 것이 마음 먹기에 달렸는데…. 스님!"
원효는 정색을 하며 의상을 불렀다.
"네?"
"난 이대로 신라로 돌아가겠습니다."
의상은 자기 귀를 의심했다.
천만 뜻밖의 말이었다.
"신라로 돌아가시다니요? 불법은 어떻게 하구요?"
"당나라까지 들어가지 않아도 불법을 얻을 수 있음을 깨달았습니다."
"저는 스님의 말뜻을 알아 들을 수가 없습니다. 불법을 얻기 위해 숱한 고생도 무릅쓰고 여기까지 왔는데 여기에서 돌아가시다니요?"
"스님."
"네!"
"깨닫는다는 것이 마음 하나에 달렸다는 것을 알았습니다."
"…?"
"어젯밤 스님이 잠드신 뒤, 나는 갈증을 참지 못하여 물을 구하러 밖으로 나왔습니다."
"…."
"한데 바로 저기에."
말을 하면서 원효는 손을 들어 해골 바가지를 가리켰다.
"물이 있었습니다."
"…."
"갈증을 못 참던 나는 그 물을 벌컥벌컥 들이마셨습니다. 아주 꿀맛 같은 물맛이었습니다. 갈증을 면한 후 나는 후련한 마음으로 잠을 잤습니다. 그런데 지금 보니까 그것은 그릇이 아니고 사람의 해골 바가지에 고여 있던 빗물이었습니다. 스님, 지금 제가 저 물을 마신다면 어젯밤처럼 꿀같이 달콤한 물맛 그대로일까요? 아니겠지요. 먹으려는 마음조차도 못먹었겠지요. 용기도 낼 수 없었겠지요.”

“…?”

아직도 의상은 원효의 말뜻을 알아채지 못했다.

“스님, 생각해 보십시오. 똑같은 물인데도 모르고 먹었을 때에는 꿀맛같이 느꼈던 사람이, 나중에 그것이 해골 바가지에 담겼던 물인 줄 알고는 비위가 뒤집혀 먹은 것까지 토할 정도가 되었으니, 모든 게 마음 먹기에 달린 것이 아니고 무엇입니까? 스님, 자, 보십시오. 이제는 해골 바가지에 담긴 물인 줄 알면서 마신다 해도 조금 전같이 토하지는 않을 것 같습니다.”

원효는 해골 바가지가 널려 있는 곳으로 가서 물이 담겨져 있는 해골 바가지를 들었다. 그리고 물을 한 번 본 다음 꿀꺽꿀꺽 들이마셨다.

어젯밤 갈증이 심해서 마시던 그 때와 다름 없이 꿀맛 같은 물맛이었다.

비위도 상하지 않았고, 구역질도 나지 않았다.

의상은 고개를 가로저었다.

자신의 비위가 뒤틀리고 구역질이 날 것 같았다. 얼굴을 찡그리고 원효를 바라보았다. 해골 바가지의 물을 마시고 돌아서면서도 원효는 얼굴 가득 웃음을 담고 있었다.

해골바가지의 물

"우리가 당나라까지 온 것은 무슨 까닭입니까? 모르는 것을 배우려는 거지요. 우리가 아직 깨닫지 못한 것을 먼저 깨달은 법사님을 찾아가 법을 배우려는 것이었지요."

"그렇습니다."

"그렇다면 배울 것이 없게 되었을 때, 다시 말해서 진리를 깨달았을 때는 어떻게 하지요?"

의상은 원효가 그대로 신라로 돌아가겠다는 것을 말릴 수 없다는 것을 알았다. 처음에 신라로 돌아가겠다고 했을 때에도 잠시 뭔가 잘못 판단한 것이 아닌가 생각하고 있었다.

그러나 그 게 아니었다.

"만리 타국까지 와서 끝까지 길을 함께하지 못함은 미안한 일입니다만, 소승은 바로 신라로 돌아가겠습니다."

원효는 몸을 돌렸다.

"스님, 원효 스님!"

의상은 크게 소리치며 몇 걸음을 따라갔지만 원효는 멈추지 않았다.

금방 저만큼 멀어졌다.

"스님, 스님께선 깨달음을 얻으셔서 돌아가시지만, 소승은 아직 깨달음을 얻지 못해 낙양으로 가서 배워 가지고 오겠습니다."

의상이 원효의 등 뒤에 대고 소리쳤다.

그제서야 원효는 걸음을 멈추고 몸을 돌이켰다.

"몸 조심해 다녀 오십시오. 반드시 큰스님이 되실 것입니다."

원효는 이 한 마디를 남겨 놓고는 그대로 휘적휘적 걸었다.

금방 산 모롱이 저쪽으로 사라졌다.

"조심해서 돌아가십시오. 나무 관세음보살…."

의상은 원효가 사라진 쪽을 향하여 두 손을 모으고 허리를 굽혔다.

그 후 의상도 낙양에서 열심히 공부하고 돌아와 신라 십성의 한 분이 되었다.

부처가 될 사람아

신라로 돌아온 원효는 분황사에서 불법을 펴고 있었다.

그러던 어느 봄날이었다.

뜨락에서 불어오는 훈훈한 바람 속에는 꽃향기가 싱그럽게 묻어 있었다.

멀리 보이는 남산은 온통 은은한 봄으로 덮여 있었다.

새로 움트는 각종 새싹들에서 뿜어 나오는 연둣빛들이 안개처럼 산을 감싸안고 있었다.

"스님, 요석궁에서 손님이 찾아왔습니다."

방문을 열어 놓고 잠시 남산 쪽을 바라보고 있던 원효는 바깥에서 알리는 심상의 말을 듣고 자세를 고쳐 앉았다.

"요석궁?"

원효는 잠시 마음이 흩어지고 있음을 느꼈다.

요석궁….

그 곳은 지금은 무열왕이 된 김춘추의 딸 아유다가 살고 있는 곳이다.

그녀는 원효의 친구 거진의 아내였다. 결혼한 지 사흘 만에 전쟁터로 나가는 남편과 이별을 했는데 그것이 이승과 저승으로 갈라 놓는 영영 이별이 될 줄이야.

그녀는 지금 혼자 살고 있었다.

무열왕이 임금이 되기 전 승만 여왕이라고도 불리던 진덕 여왕은 이따금 원효를 궁중에 초청해서 법을 청했었다.

그 자리에는 늘 아유다도 함께 있었다.

그 때부터 원효는 그녀의 눈빛이 심상치 않음을 깨닫고 있었다.

'사랑하고 있어요. 당신이 부처님의 가르침을 좇는 불제자가 아니었다면 이 몸은 벌써 당신을 따랐을 거예요.'

그의 눈빛은 언제나 사랑으로 간절했었다.

그러나 언제나 냉정하게 뿌리치고 나와야 했던 원효였다.

그 때마다 아쉬움과 안타까움이 가득찬 눈빛으로 원효의 뒷모습을 바라보던 아유다의 마음을 원효가 어찌 모를 리가 있었겠는가?

여왕 마마의 승하로 원효의 발길이 뜸해지고 아버지 김춘추가 왕위에 오르는 바람에 공주가 된 아유다는 요석궁으로 나와 살면서 원효를 그리워하고 사모하고 있었다.

때로는 법회를 핑계로 분황사까지 왔었지만 그 때마다 원효는 모르는 척하고 돌려 보냈었다.

"스님, 요석궁에서 공주 마마의 글월과 함께 물건을 가지고 왔는데요."

심상이 한 번 더 조심스럽게 아뢰면서 방문을 열었다.

원효는 심상이 내미는 편지를 받아 잠시 뭔가 깊이 생각하더니 그것을 뜯었다.

'모란 꽃과 의복 한 벌을 보냅니다.'

부처가 될 사람아

편지 내용은 짧고 간단했다.

그 사이 요석궁에서 온 몸종은 모란꽃을 화병에 꽂아 들고 들어왔다.

아마 요석궁 뜨락에 핀 꽃 송이리라.

선덕 여왕이 여왕 되기 전에 덕만 공주의 신분으로 있을 때 이 요석궁을 짓고 이 곳에 머물며 뜨락을 가꾸었다. 그 무렵 당나라에서 보내온 모란 그림을 보고는,

"이 꽃은 향기가 없겠구나."라고 말해서 주위 사람들을 놀라게 했던 바로 그 꽃이었다.

덕만 공주는 이 꽃을 요석궁 뜨락에 심고 가꾸었다.

정말로 그 꽃송이에서는 향기가 나지 않았다.

사람들이 물었다.

꽃에서 향기가 없는 것을 어떻게 알았느냐고.

덕만 공주가 대답했다.

"그림에 벌이나 나비가 없으니, 벌 나비가 없는 꽃이라면 당연히 향기가 없는 꽃이 아니겠습니까."

그런데 그 다음 해에는 그 꽃에서 향기가 진동했다.

사람들이 어떻게 된 일이냐고 다시 물었다.

"가꾸는 사람의 정성이 지극하면 향기야 절로 나게 되어 있지요."

모란을 처음 심었던 덕만 공주는 그 뒤에 신라 최초의 여왕이 되어 요석궁을 떠났다. 그 다음에는 승만 마마였던 진덕 여왕이 요석궁의 주인이었다.

그 분도 여왕이 되어 요석궁을 떠나는 바람에 요석궁은 그

동안 주인 없이 비어 두었었다.

이제 다시 아유다가 요석궁의 주인이 되어 들어온 것이다.

그는 봄이 되자 등불처럼 뜨락을 밝히는 꽃 송이를 보자 다시 그리움이 밤하늘 별 돋아나듯이 일어나는 것이었다. 그는 원효를 생각하면서 옷감을 잘라 옷을 지었다. 그리고, 모란을 수놓아 몸종과 시녀의 손에 들려 원효에게 보낸 것이다.

몸종과 시녀는 꽃 송이와 모란이 수놓인 보자기를 원효 앞에 놓고 큰절을 했다.

크고 화려한 꽃 송이에서 향긋한 꽃 내음이 코를 찔렀다.

"이 꽃은 요석궁에서 가장 크고 아름다운 꽃 송이이옵고, 옷은 스님께옵서 입으시라고 공주 마마께옵서 손수 마르고 지으신 것이옵니다."

시녀가 덧붙여 설명을 했다.

원효는 아무 말도 하지 않았다.

"이 몸 물러가겠습니다."

한참을 기다려도 원효의 입에서 아무 말이 없자 시녀와 아유다의 몸종은 가만히 일어서서 다시 절을 올렸다.

그리고는 방에서 나갔다.

그들이 물러간 다음에도 원효는 아무 말이 없었다.

그저 눈을 높이 들어 멀리 남산을 바라볼 뿐이었다.

날이 저물었다.

"스님, 이것을 어찌 할까요?"

"뭘?"

"이 옷 말입니다. 요석궁 공주 마마께옵서 직접 지어 보내셨

부처가 될 사람아

다 하였습니다. 갈아입어 보시지요."

"너나 입어라."

"예에? 스님도 무슨 농담의 말씀을…."

심상도 요석궁의 아유다를 본 적이 있었다.

진덕 여왕 사십 구재 때 재를 주관하던 원효를 따르던 모습.

옷소매를 늘어뜨리고 합장을 한 채 긴 치맛자락을 잘잘 끌며 따르던 불빛 아래에서의 그의 모습은 한 송이 꽃이었다.

"아니다. 내 옷은 아직 말짱하니 네가 입어라. 네 옷이 너무 낡았어."

"공주 마마께옵서 이 사실을 아시면 얼마나 섭섭해하실까요? 스님께 드리려고 지으신 옷인데…."

심상은 원효 앞에 놓인 보자기를 끌어 당겨 천천히 끌렀다.

가사, 장삼, 바지 적삼 한 벌, 버선….

향긋한 베냄새가 물안개처럼 흘렀다.

"스님, 이것 보셔요. 이 바늘 한 땀, 한 땀에 공주 마마의 정성이 들어 있는 옷입니다. 그 분의 정성을 받아 들이시지요.”

심상이 원효의 얼굴을 쳐다 보았다.

원효는 고개를 가로저었다.

“너나 입으라고 하지 않았더냐?”

원효의 말에는 거역하지 못할 위엄이 들어 있어 심상은 몸을 움찔했다.

“어서, 지금 당장에….”

“정말 제가 입어도 되는 것이옵니까?”

심상은 어쩔 줄을 몰라 하면서 원효의 눈치를 살폈다.

원효의 입에서 다시 불호령이 떨어졌다.

심상은 하는 수 없이 보자기를 들고 나와 옆방으로 가서 옷을 갈아입었다.

“스님, 이렇게 입었사옵니다.”

“그래, 잘 맞는구나.”

“스님, 정말 제가 입어도 되는 옷이옵니까?”

“요석궁에서 보내왔다고 생각하지 말고 어떤 믿음이 강한 신도가 수도하고 있는 너를 위해서 보내왔다고 생각하렴. 그리고, 너 지금 당장에 남산에 있는 문수사 좀 다녀 와야겠다. 내가 있을 방이 하나 있나 알아보고 오너라.”

원효는 분황사를 떠나야겠다고 마음먹고 있었다.

심상이 알아보고 돌아온 그 날로 분황사를 떠났다.

가는 길에 대안 스님을 만났다.

누더기를 걸치고 있는 그는 한 손에는 작대기를 지팡이처럼 짚고, 한 손에는 커다란 방울이 들려 있었다. 늘 방울을 들고

다니면서 딸랑거린다고 해서 사람들은 그를 방울 스님이라고
불렀다.

사람들은 대안 스님을 잘 알지 못했다.

그저 방울을 흔들면서 집집마다 다니며 동냥을 하는 스님으
로 아이들은 늙은 거지로 알고 있었고, 젊은이들은 놀림감으로
알았으며, 늙은이들은 그저 미친 거지중으로 알고 있었다.

그가 정말로 도가 높은 스님인 줄을 아는 사람은 거의 없었다.

"아니, 스님. 또 만났군요?"

원효가 합장을 하면서 허리를 굽혔다.

원효는 대안 스님을 이따금 만난 적이 있었다.

"하하하하…. 원효 스님이로구만. 어딜 그렇게 열심히 가는
길이오?"

"큰 절이 번거로워 문수사로나 갈까 하고 나섰습니다."

"큰 절이 번거로운 게 아니고 무슨 고민이 있어 도망가는 것
같소."

"에이, 그럴 리가요. 스님, 오늘은 어찌 말짱하시옵니다. 늘
술에 취해 계셨는데…."

"음, 지금 일어나서 나오는 길이니까. 옳거니, 너 아주 좋은
옷 입었구나 그 옷 나하고 바꾸자."

심상의 어깨를 툭툭 치면서 대안 스님이 빙긋이 웃었다.

"스님도 이 새 옷이 탐이 나십니까?"

"그래, 이 옷 갖다가 잡히고 술을 먹으면 한 열흘은 걱정 없
이 먹겠다."

"그렇다면 바꿔 드리지요."

부처가 될 사람아

심상이 어깨에 메고 있던 바랑을 벗었다.

"아, 아니지. 아무리 그렇기로 훤한 대낮에 길거리에서 옷을 벗을 수야 있나? 원효 스님, 우리 집으로 가서 차나 한 잔 하십시다."

대안 스님은 원효의 대답도 듣지 않고 앞장서서 휘적휘적 걸었다.

원효와 심상은 그 뒤를 따르기 시작했다.

대안 스님이 들어간 곳은 바위 굴 속이었다.

"여기가 내 집이라오."

그들은 바위 위에 적당히 걸터앉아 이야기를 나누기 시작했다.

그들이 한 번 시작한 이야기는 끝이 없었다.

얼핏 들으면 농담 같기도 하고 아무 뜻이 없는 이야기 같았지만 사실은 아주 높은 경지의 이야기들이었다. 평소에도 도가 뛰어난 스님이라고 느끼고 있었던 원효도 그의 높은 법력에 새삼 놀랐다.

어느 덧 해가 뉘엿뉘엿 넘어가고 있었다.

"소승, 이만 물러갈 때가 된 것 같습니다."

원효가 두 손을 모아 합장을 하면서 일어서려고 하였다.

"가만, 가만 있으시오. 화엄 종주이신 원효 대사께서 내 집에 오셨는데 저녁도 안 잡숫고 그냥 가면 곤란하지요."

대안 스님이 원효의 옷소매를 붙잡았다.

"화… 엄… 종… 주? 화엄 종주라고 하셨나요?"

원효가 놀랐다.

"그냥 한 번 지껄여 본 소리요. 잠시만 있으시오."

대안 스님이 처음 불러 본 화엄 종주란 말은 앞으로 원효가 해야 할 일을 가르쳐 준 것이기도 하고, 예언이기도 했다.

"돌아보아야 먹을 것이라곤 아무 것도 없는데 무얼 주시렵니까?"

원효가 부시시 일어서는 대안 스님을 보고 물었다.

"원효 스님은 여기에서 잠시 기다리시오. 심상은 나하고 저녁 가지러 가고…."

대안 스님은 심상을 일으켜 세워 골짜기 아래로 내려 갔다.

그의 뒷모습을 보면서 원효는 공연히 초라해지는 자신을 보았다.

아무 거리낌 없고, 아무 욕심도 없이 그저 생각하는 대로 행동하는 대안 스님의 모습은 거리에서 동냥이나 하면서 아이들의 놀림감이나 되는 거지 중이 아니었다.

하늘과 땅 사이의 골짜기를 꽉 메운 커다란 산이었다.

'아직 멀있다. 아직 멀었어.'

원효는 대안 스님이 일부러 자신을 만나기 위해서 그 곳에서 기다리고 있었던 것이 아닌가 생각해 보았다.

원효가 한숨을 푹푹 내 쉬고 있을 때 대안 스님이 돌아왔다.

그의 손에 들린 것은 칡뿌리였다.

밤이 되었다.

잠자리는 바위 위였기 때문에 편치 않았다.

"그대는 큰 부처가 될 수 있소, 부디 뜻을 크게 세워 노력하시오. 노력하시오."

원효는 깜빡 잠이 들었다가 깼다.

아직도 깜깜한 밤이었다.

그런데 어디선가 바람결에 대단히 우렁찬 염불 소리가 들려 오고 있었다.

옆을 보니 대안 스님은 없었고, 심상도 그 소리를 들었는지 부시시 일어났다.

원효는 옷을 찾아 걸치고 밖으로 나섰다.

"스님, 어디를 가시려구요?"

심상도 따라나왔다.

그들은 아무 소리 하지 않고 염불 소리가 나는 곳을 향했다.

끊어질 듯 이어지고 있는 산길을 따라 한참을 올라갔다.

조그마한 봉우리가 하나 나타났고 염불 소리는 그곳에서 들려오고 있었다.

대안 스님이었다.

그는 어둠 속에서 낭랑한 목소리로 염불을 하면서 염불 한 마디 할 때마다 한 번씩 절을 하고 있었다.

"나무 아미타불, 나무 무량수불, 나무 무량광불, 나무 무애광불…."

원효는 발길을 멈추고 합장을 한 채 가만히 그의 모습을 지켜 보았다.

"하하하하…. 대안이야, 나 대안…."

미친 사람처럼 거리를 휩쓸고 다니던 모습과는 너무 딴 판이었다.

"나는 너를 이 나라 큰 기둥으로 본다. 화엄 종주가 바로 이 땅에 불법을 크게 일으킬 부처가 될 사람이다. 노력하라, 노력

부처가 될 사람아

하라, 노력하라.”

원효는 어젯밤 그가 다그치듯이 들려 주던 말을 다시 한 번 머리에 새겼다.

대안 스님과 헤어진 원효는 문수사로 돌아와 다시 수행을 계속했다.

그런데, 분황사에서 사라진 원효를 수소문한 요석 공주는 임금에게 부탁하여 원효가 쓸 물건들을 문수사로 보내왔다.

원효의 마음은 또 흔들렸다.

‘내게는 너무 지나친 관심이다. 대안 스님이라면 이럴 때 어떻게 할 것인가?’

대안 스님의 얼굴이 떠올랐다.

원효는 들어온 물건들을 모두 스님들에게 나누어 주고는 옷 한 벌만 싸가지고 일어섰다.

“스님, 어디 가시려구요?”

심상이 따라 일어섰다.

“대안 스님 만나러. 너도 같이 가고 싶으면 따라 나서거라.”

둘이는 문수사 경내를 빠져 나왔다.

한 나절이 걸러서 전에 대안 스님을 만났던 동굴까지 왔다. 그러나 거기에는 아무도 없었다.

“어디 밥 얻으러 가셨거나 술 드시러 가신 것이 아닐까요?”

“아니다. 며칠 동안 사람이 다닌 흔적이 없다. 윗 굴로 올라가 보자.”

“윗 굴이라니요?”

“전에 그랬지. 너구리가 가끔 찾아 들었다는 그 굴.”

“어딘지 아십니까?”

“모르지만 여기서 멀지 않겠지. 찾아 보자.”

그들은 동굴에서 나와 산길로 올라갔다.

여름이었기 때문에 풀들이 키만큼 자라서 움직이는 것이 쉽지 않았다.

그래도 그들은 풀섶을 헤치며 계속 위 쪽으로 올라갔다.

“아가, 울지 말고 잠시만 기다려라. 잠시만….”

바람결에 이런 소리가 들려왔다.

“스님, 대안 대사님 목소리이옵니다.”

“그렇구나, 어서 가 보자. 이 산중에 아가라니….”

그들은 소리 나는 곳을 찾아갔다.

대안 스님이 거기에 있었다.

“아니, 스님, 여기에서 무얼 하고…?”

두 사람은 깜짝 놀랐다.

대안 스님은 굴 앞에서 너구리 새끼들을 놓고 아기 달래는 소리를 하며 칡뿌리를 먹이려고 애를 쓰고 있었다.

“아니, 원효 스님, 잘 오셨소. 이것들이 어미를 잃은 모양이오. 배는 고픈 모양인데 이런 것들은 도무지 먹으려 들지 않고 있다오.”

대안 스님은 칡뿌리를 잘근잘근 씹어 아직 눈도 안 뜬 너구리 새끼들 입에 대주느라고 땀을 뻘뻘 흘리고 있었다.

“어미는 어디 갔기에 스님께서 이 고생을 하십니까?”

“아마 다른 짐승에게 잡혀간 모양이오. 스님, 이 애들을 좀

부처가 될 사람아

지켜 주시오.”

소승이 가서 젖 좀 얻어 오리다. 저희들끼리만 두고 가면 또 무엇한테 잡혀 먹힐지 몰라서 걱정이었는데.”

대안 스님이 방울과 지팡이를 찾아들고 일어섰다.

“소승도 따르겠습니다.”

심상도 같이 내려갔다.

원효는 혼자 남아서 너구리 새끼 아홉 마리를 지켰다.

그런데 벌써 두어 마리는 숨을 할딱이며 축 늘어졌다.

‘아이구, 이를 어째.’

원효는 그들을 손에 들어 손바닥에 올려 놓았다.

몸을 파들파들 떨고 있었다.

‘죽으려나 보구나, 이 세상에 태어나 어미 젖 한 번 제대로 못 먹고….’

원효는 이럴 때 자기의 힘으로는 어쩔 수 없다는 것에 또 한 번 자신이 초라하 다는 것을 느꼈다.

부처가 될 사람아

결국 그 두 마리는 얼마 못 가서 죽고 말았다.

원효는 눈시울이 뜨거워졌다.

"나무 아미타불, 부디 다음 생에서는 한량없는 복을 타고 나서 행복하게 잘 살아라."

원효는 나뭇잎을 따서 그 위에 그들을 눕히고 다시 나뭇잎으로 덮어 주고는 염불을 해 주었다.

한참 후에 대안 스님과 심상이 젖을 얻어 돌아왔다.

"그 사이에 두 마리가 저 세상으로 갔습니다."

"그래서 염불을 해 주었군요. 너구리들이 염불을 알아듣겠습니까?"

이렇게 말하는 대안 스님도 결국은 눈물을 흘렸다.

그러나, 나머지 일 곱 마리는 그 날부터 젖을 얻어 먹이는 대안 스님의 힘으로 살아났다.

대안 스님은 마을 사람들로부터,

"미친 중이 몰래 아이를 하나 낳아서 젖을 얻어 먹인다."는 욕을 먹어 가면서까지 지극 정성으로 너구리들을 길렀던 것이다.

그는 사람들이야 뭐라고 하든지 상관하지 않았다.

이런 대안 스님에게 원효는 많은 깨달음을 다시 얻었다.

"스님, 의논할 게 있사옵니다."

며칠 후 다시 길거리에서 만난 원효는 대안 스님을 붙잡고 마음 속에 있는 고민을 털어 놓았다.

"의논? 마음 속에 번민이 일어나고 있지요?"

아이들 사이에 들러 싸여 덩실덩실 춤을 추던 대안 스님이 다가와 원효의 얼굴을 물끄러미 들여다 보았다.

"그렇습니다. 아무래도⋯."

"요석 공주 때문이다 이 말이지요?"

"아니, 스님께서도 그 사실을 알고 계셨습니까?"

"서라벌 사람이 다 알고 있는 사실을 나라고 모르겠습니까? 원효 스님께서 몇 번이고 나를 찾아온 이유도 그것 때문이었지요."

"그렇습니다. 스님 같으면 이런 경우에 어떻게 하시겠습니까?"

"그야 나보다 도의 경지가 뛰어난 스님이 알아서 하실 일이지 나 같은 거지 중이 무얼 알겠습니까?"

"⋯?"

"중생의 고통을 모른 척한대서야 그 또한 불제자가 할 일은 아니라고 봅니다. 어차피 인연이야 피한다고 피할 수도 없을 터이고⋯."

"그렇다면⋯?"

"글쎄요, 축생을 구하려면 축생이 되어 그들의 고통을 알아야 할 터이고 지옥에 떨어진 중생을 구하려면 지옥에 들어가 봐야 하지 않겠습니까? 그 뒷 일은 원효 스님께서 알아서 하십시오. 하하히하⋯."

대안 스님은 이렇게 말해 놓고 아이들이 노는 곳으로 달려가 같이 장난치고 어울려 놀기 시작했다. 얼굴에 어른의 흔적이라고는 찾아볼 수 없을 정도로 천진한 얼굴로⋯.

부러울 정도로 자유로운 그의 행동을 물끄러미 바라보던 원효의 눈빛이 반짝 빛이 났다.

'축생을 구하려면 축생이 되어 그들의 고통을 알아야 할 터이

고 지옥에 떨어진 중생을 구하려면 지옥에 들어가 봐야 하지.'

대안 스님이 일러 준 이 말은 원효를 서서히 딴 사람으로 만들어 갔다.

'그래, 중생들이 고통 속에서 살고 있는데 그들과 가까이 하지 않고 어찌 그들을 구제한다고 나설 수 있으리. 그들에게로 다가가야 해. 다가가야….'

원효도 달라지기 시작했다.

계율을 엄히 지키고 언동이 근엄하던 원효는 어디로 갔는지 없어지고 대안 스님과 같은 행동을 하는 원효가 되었다. 몇 번이고 번뇌가 생길 때마다 찾아가 보고 듣고 같이 다니는 사이에 어느 새 원효는 마음이 편해지는 것을 느꼈다.

'모든 것은 마음 먹기에 달렸다. 고기를 먹는 자도 술을 먹는 자도 다 제도를 원하는 중생들인 것을… 아귀를 제도하려면 아귀가 되어야 하고 축생을 제도하려면 짐승이 되어야 하는 것을….'

원래 스님은 고기를 먹어서는 안 된다는 계율이 있다.

고기라는 것이 산 목숨을 끊어서 얻은 것이기 때문이었다.

그러나 원효는 그런 계율을 무시했다. 그래서 쇠고기는 물론 돼지고기, 물고기 무엇이든 거침없이 먹었다.

계율 같은 것은 무시했다.

스님은 술을 먹어서도 안 된다는 계율도 원효에게는 한낱 부질없는 허울에 불과했다.

그래서 원효는 누가 보든지 말든지 거리낌없이 술을 마셨다.

여자를 가까이 해서도 안 된다.

남녀의 애욕을 끊지 못하면, 사람이 나고 죽는 것의 근본을 모르고, 인간 세상 고해에서 벗어나지 못한다는 것이다.

그러나 원효는 여자가 춤추고 소리하는 술집에 남의 눈을 피하지 않고, 거침없이 드나들며 술을 마시고 고기를 먹었다.

하지만 여자의 몸을 욕심 내서가 아니었다.

"스님, 아무래도 그런 행동은 스님의 진정한 모습이 아니옵니다."

원효의 뒤에서 늘 도와주고 있는 행자승 심상은 원효의 그런 행동이 안타까웠다.

"그럼, 진정한 모습이 어떤 것이더냐?"

"우리 중들은 술을 먹어서도 안 되고 고기를 먹어서도 안 된다고 들었습니다. 그런데 스님은 그런 것을 아무 거리낌없이 하고 계시니까 하는 소리이지요. 더구나 기생들이 운영하는 술집에도 가시고…."

"술집에도 우리가 제도해야 할 사람이 있다. 불법을 가르쳐 주어야 할 사람이 있다. 그들이 우리에게 찾아올 리는 없을 터이니 우리가 찾아가는 수 밖에…."

원효는 너무나 태연했다.

"그들이 안 찾아오면 그도 하는 수 없지 굳이 사람들에게 욕을 먹어 가면서까지 찾아가 제도를 해야 합니까?"

"찾아가는 일이 나쁜 일이더냐? 그렇다면 그들은 평생 동안 법을 가까이할 기회도 못 가져야 한단 말이냐? 그거야말로 부처님의 생각에 어긋나는 일이다. 우리가 구제하고 제도해야 할 사람들이 어디 비단 옷 입은 지체 높은 사람들뿐이더냐? 가난한 사람, 병든 사람, 외로운 사람, 고통받는 사람들이 더 급한

부처가 될 사람아

것을.”

“스님의 뜻이야 그렇지만 세상 사람들이 그렇게 보지 않는다
니까요.”

심상은 애가 탔다.

심상의 말처럼 세상 사람들은 그렇게 보지 않았다.

불제자로서 엄히 금하는 계율을 깨뜨리고, 고기를 먹고 술을
마시며, 기생이 있는 술집에 드나드는 원효를 파계한 중이라 비
난을 퍼부었다.

“망칙스럽게 스님이 술집에 드나들다니.”

"어떻게 스님이 고기를 먹는담."

스님은 무슨 스님, 이미 파계한 사람인데."

불신도들만이 이렇게 원효를 비난하는 것이 아니다. 출가한 스님들도 파계했다고 보는 원효를 욕하고 기피했다.

"그들이 나를 어떻게 보든지 그게 무슨 상관이냐? 그들은 그들대로 할 일이 있고, 나는 나대로 할 일이 있어 그걸 실천해 나가면 그만이지."

"그들이 그렇게 스님을 욕하고 비난하는 것이 안타깝습니다."

심상은 거의 울상이 되었다.

"내 행동이 잘못되었다고 욕한단 말이냐? 그럼, 나를 욕하고 비난하는 그들의 행동은 잘하는 짓인가?"

원효는 조금도 마음의 동요를 일으키지 않았다.

세상이 무어라 하든 원효는 자기가 깨달은 바와 생각대로 행동을 했다.

"고기와 술을 먹으며 자유롭게 불교의 도를 깨칠 수 있으니 이 얼마나 좋은 일이냐. 술 마시고 욕 퍼붓고 하는 그들도 다 사람이었느니라."

깨달은 눈으로 세상을 보고 행동하는 일인지라 비난과 기피를 받으면서도 꺼려함이 없었다.

남보기에 방탕한 행동을 하고 다니는 것 같았지만 원효의 몸에선 아무도 감히 범할 수 없는 위엄과 자비로움이 발산되고 있었다.

부처가 될 사람아

요석 공주

"이러다간 우리 신라의 불교는 망하고 만다. 원효 같은 거렁뱅이가 어엿하게 중 노릇을 하고 다니니."

"중 노릇만 하면 좋게? 불경을 외우고 설법을 강해 우매한 신도들의 마음을 현혹케 만드니 걱정이지."

"얼마나 현혹됐으면 그 땡땡이를 원효 대사, 원효 대사 하고 떠 받들겠나. 그러니 더욱 한심한 노릇이지…."

원효가 하는 행동을 못마땅하게 생각하는 승려들은, 원효의 명망이 높아지자 기피에서 시기, 질투로 변하고 있었다.

그들은 모이기만 하면 원효를 신라 불교계에서 없애려고 숙덕공론을 했지만, 원효는 모든 것에 구애를 받지 않았다.

오히려 그러는 원효를 따르는 사람들도 점점 늘어갔다.

사람들의 고통을 이해하고 늘 그들과 함께 고통을 나누고 있었기 때문이었다.

문수사에서 초개사로 왔다가 다시 초개사가 좁아서 찾아오는 사람들을 모두 수용할 수 없게 된 원효는 자기가 태어난 밤나무 골짜기에 사라사라는 절을 짓고 그리로 옮겨갔다.

원효를 따르는 사람들은 언제부터인가 원효를 그냥 스님에서 대사라고 부르기 시작했다.

　사라사로 온 원효 대사는 전과 마찬가지로 호방하고 자유롭게 나날을 보냈다.

　새벽 염불과 아침 참선은 빼 놓지 않고 했으며, 낮에는 서라벌에서와 같이 소 잔등에 올라 앉아 원고를 쓰고 다녔다. 그리고, 저녁에도 참선을 끝내고는 다시 붓을 들어 하던 일을 계속했다.

　원래 원효는 출가한 뒤 일 년 정도 분황사 주지승에게 불경을 배웠을 뿐, 완전한 독학으로 불경의 진의를 파헤쳤다. 그래서 독학의 어려움을 너무도 잘 알고 있었기 때문에 원효는 불경을 해독하기 쉽게 풀이해 놓는 일도 게을리하지 않았다.

　날이 가고 달이 갈수록 원효 대사의 책은 수효를 더해 갔다. 그러는 동안 원효 대사는 또 한 가지 새로이 하는 일이 생겼다. 부처님의 가르침을 노래로 만들어 부르고 다니는 일이었다.

　원래가 맑고 고운 목소리라 원효 대사의 노래는 듣기가 좋았다. 한 번 두 번 원효 대사가 지은 노래를 들으면 마음이 편안해지고 가벼워졌다.

　사람들은 원효 대사가 부르는 노래를 따라 부르곤 했다.

　노래를 부를 때에는 더욱 즐거웠다.

　불교의 가르침을 더 빨리 가까이하게 되고 세상 모든 잡념을 잊어 버리게 된다.

　원효 대사는 따로 음악을 배운 적이 없다.

　그러나 불경을 노랫말로 쉽게 풀이한 말에다 가락을 붙인 것이기 때문에 부르기도 쉬웠고 듣기에도 편안했다.

불지촌에서 시작된 노래는 이웃 마을에서 이웃 마을로, 그 마을에서 다시 다음 마을로 퍼져 나갔다.

그러던 어느 날이었다.

원효 대사는 새벽 일찍 일어나 마을 뒷산 봉우리로 올라갔다. 전에도 가끔씩 올라와 예불과 기도를 드리던 곳이었다.

언젠가 한밤중에 산 봉우리에서 염불을 하며 기도를 하던 대안 스님처럼.

원효 대사는 봉우리 맨 꼭대기에 올라가 기도를 하기 시작했다.

'이 나라 모든 백성들이 평화롭고 행복하게 살 수만 있도록 해 주시옵소서. 세 나라로 갈라진 나라가 하나로 뭉쳐 전쟁의 불안과 고통에서 벗어나게 해 주시옵소서.'

원효 대사는 빌고 또 빌었다.

얼마를 지났을까?

원효 대사 앞에 홀연히 한 노인이 나타났다.

허연 수염을 나부끼며 한 손에는 육환장(손잡이에 고리가 있는 지팡이)을 짚은 모습이 신선이 아닌가 여길 만큼 세상에서는 보지 못하던 노인이었다.

"그대가 원효라지?"

노인이 물었다.

"네."

원효 대사는 자신도 모르게 공손히 대답을 했다.

"나는 신라의 호국신으로 그대에게 할 말이 있어 왔노라."

원효 대사는 입을 다물고 호국신이라는 노인을 가만히 바라보았다.

“그대는 스님이라지?”

“그렇습니다.”

“스님은 무엇을 하는 사람인고?”

“깨달음을 얻어 부처가 되는 수행을 하는 사람입니다.”

“깨달음을 얻어 부처가 되는 것이라?”

“그렇습니다.”

“부처가 되고자 하는 목적이 혼자 만족하고 혼자 위안을 얻으려고 하는 일이던가?”

“아닙니다. 이 나라를 위해서 이 나라 백성을 위해서 중생들, 나아가서는 지옥에서 고통으로 몸부림치는 죄인들, 길짐승 날짐승 물에 사는 짐승들, 저 멀리 아귀 세계에서 고통받는 아귀들까지 구제할 수 있는 부처가 되기를 원하옵니다.”

“그렇다면 그대는 중생을 구제하는 일이라면 무엇이든 할 각오가 되어 있는가?”

“하지요.”

“지옥에라도 갈 각오가 되어 있는고?”

“그렇습니다.”

“축생의 몸으로 태어난다고 해도 하겠는고?”

“본생담 이야기에 의하면 일찍이 석가모니 부처님께서는 전생에 원숭이로 살았던 적도 있었고 코끼리, 사자, 호랑이, 토끼, 여우 등 많은 짐승의 몸을 받아 살았던 적도 있었다고 했습니다.”

“스님은 장가를 들지 못한다는데…?”

“그것도 생각하기에 달려 있는 것입니다.”

요석 공주

"그대가 장가를 들음으로써 신라를 위하는 일을 할 수 있다면 그도 행하겠는고?"

"하겠습니다."

호탕한 생활을 해 오던 원효 대사였으므로 망설이지 않고 선뜻 대답을 했다.

"그렇다면 기다리는 짝이 있으니 장가를 들어 신라를 빛나게 할 아들을 얻으라. 네 아들은 신라를 버틸 큰 기둥이 되리라."

"네?"

원효 대사가 고개를 들어 그를 바라보자 지금까지 원효 대사에게 이야기하던 호국신이란 노인은 연기같이 사라지고 새벽 안개만이 자욱하게 산 봉우리를 뒤덮고 있었다.

"아아! 이 게 꿈이던가 생시던가?"

원효 대사는 머리를 감싸쥐었다.

꿈이라면 너무나 생생하고 생시라면 너무나 신비한 일이다.

원효 대사의 머리 속에 번개같이 떠오르는 생각이 있었다.

원효 대사는 걷히는 안개를 헤치면서 산에서 내려 왔다. 그리고, 절에는 들르지도 않고 곧장 서라벌로 발길을 옮겼다.

서라벌 거리에도 원효 대사가 만든 노래를 부르며 다니는 아이들이 많았다. 그 노래를 들으며 원효 대사는 큰 소리로 노래를 불렀다.

"누가 자루 없는 도끼를 빌려 주렴.
내 하늘을 받칠 기둥을 만들리라."

거리를 지나가던 사람들이 눈을 크게 뜨고 원효 대사를 바라
보았다.

그가 원효인 줄을 몰라보는 사람들은 고개를 갸웃거리기도
했고, 손가락으로 머리 근처를 돌려 보는 사람들도 있었다.

　　"누가 자루 없는 도끼를 빌려 주렴.
　　내 하늘을 받침 기둥을 만들리라."

그 이튿날도 원효 대사는 거리를 돌아다니며 같은 노래를 불
렀다.

도무지 뜻을 알 수 없는 노래였다.

도력이 높은 원효 대사인지라, 무슨 깊은 뜻을 담은 노래를
불렀을 것이라고 여겨지기는 했지만
무슨 노래인지는 도무지
알 수가 없었다.

이 소문은 삽시간에 서라벌 안에
확 퍼졌다. 저 유명한 원효 대사가
서라벌에 나타나 괴상한 노래를
부르고 다닌다는 소문이이었다.

소문은 태종 무열왕의 귀에
까지 들어갔다.

"원효가 이상한 노래를
부르며 다닌다? 자루 없는 도끼,
하늘을 받칠 기둥이라…?

예사 노래는 아닌 것 같고, 으음… 그래, 그거야.”

며칠 동안 곰곰이 생각하던 태종은 마침내 무릎을 탁 쳤다.

그 노래의 뜻을 알아낸 것이다.

자루 없는 도끼란 남편 없는 여자를 말함이고, 하늘을 받칠 기둥이란 나라에 공을 세울 사람을 말한다는 뜻을.

“그렇다. 이는 원효 대사가 귀부인을 얻어 나라에 이바지할 현인을 낳고자 함이다.”

임금은 빙그레 웃으며 왕비를 불렀다.

“왕비, 우리 아유다가 원효를 사모한다고 했었지?”

“언젠가 그랬었지요.”

“지금도 그런가?”

“말은 하지 않아도 그런 눈치인가 봅니다.”

“그렇다면 잘되었소. 우리, 아유다를 원효에게 시집보냅시다.”

“예에?”

느닷없이 내뱉는 임금의 말에 왕비는 깜짝 놀라 고개를 들고 얼굴을 쳐다 보았다.

“왕비도 원효의 노래를 들어 보았지 않소. 자루 없는 도끼를 빌려 주면 하늘을 받칠 기둥을 만들겠다고 하던 그 노래 말이오.”

“노래야 들어 보았지만 그 노래하고 우리 아유다하고 무슨 상관이옵니까?”

“자루 없는 도끼란 남편 없는 여자를 말하는 것이고, 하늘을 받칠 기둥이란 나라에 큰 일을 할 사람을 말하는 것이라오. 그러니 잘 되었지 않소. 마침 아유다도 원효를 사모하고 있는 판이니….”

왕비는 놀랍다는 듯이 임금의 얼굴을 다시 쳐다보았다.

"하지만 원효 스님은 출가를 한 스님의 몸인데 어찌 결혼을 하겠습니까?"

"승복을 벗고 우리네 사람들 입는 옷으로 갈아입힌 다음에 결혼을 시키면 되겠지요."

"그게 가능할까요? 그 스님을 어떻게 요석궁까지 오시게 한담. '결혼하러 내려 오시오' 할 수도 없는 일이고, 그 분은 왕명이라고 선뜻 나설 분도 아닌 것 같고…."

"그야 뜻만 있으면 길이 안 있겠소."

태종 무열왕은 요석궁을 지키고 있는 병사들에게 원효 대사의 행방을 알아 어떤 수단을 쓰든지 요석궁으로 끌어들이라고 명했다.

누구의 명령인가?

이 나라 최고 어른의 말이데.

그러나 어려운 일이다.

나라에서도 유명한 원효 대사를 죄인 잡아가듯 끌고 갈 수도 없는 일이었다.

그렇다고 왕명을 거역할 수도 없다.

요석궁 병사들은 원효의 행방을 알아내기 위해 정신없었다.

한편, 원효 대사는 이틀 동안 괴상한 노래를 부르고 난 후, 대안 스님과 함께 술집에서 술을 마시고 있었다.

대안 스님과 한 말 술을 마시고 얼큰해진 원효 대사는 발그레 붉어진 얼굴로,

"법사님!"하고 대안 스님을 불렀다.

"왜?"

"밤이 깊었으니 이만 일어서시지요?"

"우리 같은 뜨네기들이 밤이 깊으면 무슨 상관이고 날이 새면 또 무슨 상관인가? 어, 취한다. 가만 있자. 오, 참, 그렇군, 그냥 넘어갈 밤이 아니지. 밤이 깊었으니까 일어서야지."

대안 스님이 뭔가 뜻모를 말을 중얼거리더니 비틀거리며 일어섰다.

몸을 겨우 가누고 비척거리며 밖으로 나섰다.

그 뒤를 원효 대사가 따랐다.

"어, 참, 그 별 한 번 밝다. 자, 나는 이리로 갈라오. 원효 스님은 그 쪽으로 가시오."

"어디로 가시렵니까?"

"나야 상관하지 말고 가라는데도… 별이 총총한 걸 보니 아무 데나 누우면 내 집이 될 게요."

대안 스님이 비틀거리며 어둠 저 쪽으로 사라졌다.

원효 대사는 대안 스님이 가리키던 곳으로 비척거리며 걸었다.

낮 동안 북적거리던 거리는 한밤중이 되면서 무서우리만치 조용했다.

컹컹컹컹….

이따금 개짖는 소리나 원효 대사처럼 술이 취한 사람들이 비틀거리며 지나가는 것 이외에는 너무나 고요했다.

원효 대사는 갑자기 외롭다는 것을 느꼈다.

"어, 취하는구나. 취해…."

다리를 비척거리며 냇물을 건너기 위해 원효 대사는 다리 위로 올라섰다.

냇가에 서 있는 버드 나무들이 바람에 흐느적거리고 있었다. 말 없이 흐르는 냇물 잔물결마다 별빛이 들어와 박혀 아롱거렸다.

멀리 불빛이 보였다.

그 때였다.

다리 저쪽에서 한 무리의 건장한 사나이들이 우르르 몰려 오고 있었다.

원효의 행방을 찾아 밤낮으로 수소문을 하고 다니던 요석궁 병사들이었다.

원효는 그들이 다리 위로 몰려 오는 것을 보고 빙긋이 웃었다.

그리고는 다리 밑으로 훌쩍 뛰어 내렸다.

다리 아래로 흐르는 물은 그다지 깊지는 않았지만, 정강이까지는 오르는 물이었다.

원효의 몸은 금방 물 투성이가 되었다.

뒤따라 오던 병사들도 우루루 다리 아래로 뛰어 들었다.

"다치신 데는 없습니까? 스님."

"없소. 그런데 이 어두운 밤에 내가 중인지 어찌 알았소?"

이렇게 말하면서 원효 대사는 손바닥으로 물을 퍼서 그들에게 획 뿌렸다.

"으 차가워라!"

병사들이 사방으로 튀는 물을 손바닥으로 막았다.

"스님, 가만히 보니 다친 데는 없는 것 같습니다. 어느 절 스님이신지는 모르지만 정말 큰 일 나실 뻔했습니다."

일부러 떨어졌기 때문에 다칠 리는 없는 일이다.

요석궁 병사들은 원효 대사를 부축하는 척하며, 양 쪽 겨드랑이를 끌어 안았다.

"나 혼자 나갈 테니 그냥 두시오."

원효 대사가 그들을 뿌리쳤다.

그러나 그들도 섣불리 물러서지 않았다.

얼마나 좋은 기회인데 물러선단 말인가?

"이런 몸으로 어떻게 스님 계신 절까지 가시겠습니까. 가까운 곳에 가셔서 옷이라도 갈아입고 젖은 옷은 말리셔야죠."

"옷 말릴 곳이 어디 있소?"

"저희들이 모시겠습니다. 따라만 오세요."

원효 대사는 이들이 요석궁 병사인 줄도 알고 있었고, 그들의 뜻도 이미 알고 있었다.

아니 그러기를 기다리고 있었다.

요석궁 병사들이 자기의 행방을 찾아다니는 것도 이미 알고 있었고 임금이 시킨 것이라는 것도 알고 있었다.

"아니, 날 어디로 데리고 가려고 이렇게 양 옆에서 잡고 끌고 가는 것이냐? 놓아라!"

원효 대사가 그들의 팔을 뿌리쳐 보았다.

그러나 어림도 없었다.

"조금만 가시면 됩니다. 그대로 따라오십시오."

말은 따라오라고 하면서도 사실은 원효 대사가 꼼짝을 못하게 두 사람의 건장한 병사가 양쪽 겨드랑이를 끼고 걷고 있었으며, 뒤에서는 또 몇 사람이 등을 밀다시피 했다.

"허어, 이거 참!"

요석 공주

원효는 못이기는 체 그들이 끄는 대로 끌려 갔다.

요석궁이었다.

기다리고나 있었다는 듯 요석궁 문은 활짝 열려져 있었고 불빛이 휘황했다.

원효 대사는 어느 화려한 방으로 끌려 들어갔다.

곧 이어 갈아 입을 옷이 들어왔다.

방금 실을 뽑은 듯한 왕족이 아니면 못 입을 듯 아름다운 비단옷이었다.

그 때까지 물이 뚝뚝 떨어지는 옷을 입고 있던 원효 대사는 몸을 씻은 다음 시꺼먼 승복을 벗고 보들보들한 비단옷을 입었다.

"잠시만 계시오면 옷을 말려 대령하겠습니다."

원효 대사가 옷을 갈아입자 시녀들이 쪼르르 들어오더니 벗어 놓은 옷을 들고 밖으로 나갔다.

잠시 후 옷 대신 시녀들이 들어오더니 원효 대사를 다른 방으로 안내했다.

원효 대사는 못이기는 체 따라갔다.

공주의 방이었다.

환하게 밝힌 촛불 아래 공주가 앉아 있었다.

그러다가 원효 대사가 들어서자 조용히 일어서서 고개를 약간 숙였다.

이미 예상하고 있었던 일이었기에 원효 대사는 아무 말 하지 않고 조용히 들어갔다.

방 한 쪽에 놓인 꽃 병에는 꽂은 지 얼마 되지 않은 듯한 싱싱한 백작약 일곱 송이가 꽂혀 있었다. 그 꽃을 보면서 원효 대사는 공주의 마음을 다시 한 번 확인할 수 있었다.

　석가모니 전생에 구리 선녀라는 사람이 있어 선혜 선인에게 꽃 일곱 송이를 바쳤다.
　선혜 선인이 물었다.
　"나에게 특히 이 꽃 일곱 송이를 바치는 까닭이 무엇인가?"
　"이것을 인연으로 해서 세세 생생, 다음 생에도 다시 만나 부부가 되기를 비는 뜻이옵니다."
　구리 선녀가 대답했다.
　구리 선녀는 그런 인연으로 다음 생에 석가모니 부처님을 만나는 야쇼다라로 탄생했다던가.
　산해 진미로 가득찬 술상이 들어왔다.
　원효 대사는 술을 마셨다.
　"무례함을 용서하십시오."
　공주가 입을 떼었다.
　"알고 있었소. 그러나 나는 한 곳에 머물러 있을 수 없는 사람이오."
　"지도 일고 있사옵니다. 단 하루라도 대사님을 가까이서 뫼실 수만 있다면 한이 없을 듯하와 이렇게 대사님을 모시고 오게 한 것이옵니다."
　이 날 원효 대사는 요석 공주에게 장가를 들었다.
　술 먹고 고기도 먹고, 그리고 장가까지 갔으니 원효 대사는 이제 완전히 파계를 한 것이다.
　그러나 원효 대사는 조금도 부끄럽게 생각하지 않았다.

그것은 세상 사람들이 말하는 그런 뜻으로 요석 공주에게 장가를 든 것이 아니었기 때문이다. 생각하는 바가 있고, 또 뜻이 있는 일이었으므로 요석 공주와 결혼을 한 것이다.

이미 신라의 호국신과 이야기한 바 있기 때문이었다.

이 신라의 호국신이 곧 원효 대사의 영혼이었는지도 모른다.

어쨌든 화랑이 되어 나라를 위하려는 원효 대사가 엉뚱하게도 스님이 되었으니 이 번에는 자신을 대신해서 신라를 위할 사람이라도 낳으려는 뜻에서 요석 공주에게 장가를 든 것이다.

그래도 마음은 편치가 않았다.

오랜 세월 동안 자기를 사모하던 요석 공주가 아니었던가?

만난 지 사흘 만에 훌쩍 떠나왔으니 또 많은 세월을 그리움으로 가슴 아파해야 할 그의 처지가 조금은 불쌍했다.

이런 생각을 하며 터덜터덜 걷고 있는데 낯익은 목소리가 들려왔다.

"원효 스님, 스님…."

대안 스님이었다.

그는 여전히 누더기를 걸치고 허리는 새끼줄로 찔끈 동여매고 있었다.

손에 들린 지팡이도 여전했고, 방울도 여전히 딸랑거리고 있었다.

아이들이 대안, 대안 하며 제 친구 이름 부르듯이 놀리며 따라왔다.

"스님은 무슨… 이제는 파계를 한 땡땡이가 되었는데… 차라리 소성 거사라고 불러 주십시오."

"소성이든 대성이든 빨리 따라오시오. 그 동안 심상이 몇 번 찾아와 어디 갔느냐고 물었소. 내 모른다고 했지. 마침 잘 만났소. 저기 재미있는 구경거리가 있으니 같이 갑시다."

대안 스님이 앞장섰다.

아이들과 원효 대사가 그 뒤를 따랐다.

황룡사가 보이는 골목 어귀 빈터에는 이미 많은 사람들이 빙 둘러서 있었다. 원효 대사는 그 안에서 일어나는 모습을 보려고 사람들의 어깨 사이로 고개를 내밀었다.

세 사람이 괴상하게 그린 탈 바가지를 쓰고 춤을 추고 있었다.

그들의 허리에 주렁주렁 달린 일고여덟 개씩의 조롱박이 서로 부딪쳐 달그닥거렸다. 그들은 또 커다란 뒤웅박을 하나씩 들고 장단을 맞춰 가며 서로에게 던졌다. 뒤웅박이 중간에서 마주쳐 또드락, 딱 소리를 내며 튀었다. 그러자, 그들은 얼른 몸을 날려 뒤웅박이 땅에 떨어지기 전에 받아 다시 던지곤 했다.

뒤웅박에도 사람 형상의 탈이 그려져 있었기 때문에 뒤웅박이 공중에서 날 때마다 사람들이 공중을 휙휙 날면서 춤을 추는 것 같았다.

"잘한다."

"잘해!"

구경하던 사람들의 입에서 절로 감탄사가 터져 나왔다.

그것뿐이 아니었다.

악기를 부는 사람, 어릿광대처럼 익살을 부리는 사람…….

원효 대사는 대안 스님과 함께 마음껏 손뼉을 치며 웃었다.

중생구제

　원효 대사는 원효란 법명(불교신자에게 주는 이름)을 버리고, 스스로 소성 거사라 이름 짓고 거리를 누비며 돌아다녔다.

　소성 거사란 가장 적고 보잘 것 없는 백성이라는 뜻이다.

　또 무애라는 호도 썼다.

　무애라는 호는 그가 풀이한 『화엄경』에 있는 ‘일체 무애 일도 출생사’란 구절의 뜻을 딴 것이다.

　그는 언제나 가난하고 고통받는 사람들 편이었다. 거지들, 병자, 가난한 농사꾼….

　그들과 가까이하면서 그들의 고통을 함께 나누었다.

　어느 해 겨울이었다.

　원효 대사는 감천사를 찾아가 밥 짓는 공양주가 되었다.

　감천사라는 절은 선덕 여왕 때 지은 절인데 여러 명의 스님들이 있었으나 그가 원효 대사인 줄 아는 사람은 없었다.

　원효 대사는 오히려 그 게 다행이었다.

　스님들은 원효 대사를 ‘쇠똥’이라고 부르며 온갖 심부름을 시키곤 했다.

　그래도 원효 대사는 아무 불평없이 묵묵히 일을 해내곤 했다.

“누룽지 긁어 둔 것 좀 없어?”

이따금 노스님 한 분이 부엌으로 찾아와 누룽지를 달라고 했다.

“있지요. 스님, 자 여기에 있습니다.”

원효 대사는 노스님이 찾아와 누룽지를 달라고 할 때마다 미리 긁어서 말려 놓은 누룽지를 즐거운 마음으로 드렸다.

그러던 어느 날이었다.

그 날도 원효 대사는 누룽지를 잔뜩 긁어 놓고 노스님 오기를 기다렸는데 오지 않았다. 그래서 원효 대사는 누룽지를 싸들고 노스님이 있는 방으로 찾아갔다.

“오늘 저녁에는 밥이 구수하게 잘 눌었길래 긁어 놓고 기다렸는데 왜 안 오셨습니까?”

원효 대사는 종이에 싸들고 온 누룽지를 노스님 앞에 내놓았다.

“고맙구만. 지난 번에 얻어 온 누룽지가 아직도 좀 남았기에 … 내가 이가 없어서 배 고플 때마다 얻어온 누룽지를 이렇게 끓여 먹고 있었거든. 이거면 내 며칠은 먹겠소.”

노스님은 화로에 놓인 뚝배기를 열었다.

뚜껑을 열자 허연 김이 물씬 피어 올랐고 그 김 속에서는 구수한 냄새가 방 안 가득 퍼졌다.

그 속에서 누룽지가 보글보글 끓고 있었다.

“스님, 이럴 줄 알았으면 소승이 끓여 올릴 걸 그랬어요. 너무 무심했던 까닭이옵니다.”

“아니요, 그건 너무 번거로운 일. 그렇지 않아도 내 원효 스님 덕분에 이렇게 배를 곯지 않고 있었소. 고마워, 정말 고마워.”

원효 대사는 노스님이 자기를 원효라고 부르는 소리를 듣고 깜짝 놀랐다.

"아니, 스님께서는 소승이 원효라는 것을 어찌 아셨습니까?"

"아직은 내 눈을 못 속여요. 그래도 우리 절에 있는 수 십 명 중들의 눈을 가릴 수 있었으니 스님 도력이 어지간한 셈이지."

"무엄하옵게도 스님의 눈까지 속일 생각이었습니다."

"아직은 아니라니까."

"그 때가 언제이겠습니까?"

"마음을 텅텅 비우면 아무의 눈에도 띄이지 않는 법이지."

"그렇다면 아직도 제 마음에 남아 있는 것이 있단 말씀이시군요. 저는 다 버렸다고 생각하고 있사옵니다."

"아직 있어. 내가 이만한 사람이다. 내가 이 정도 남을 위해서 살고 있다. 이런 마음까지도 버려야 해. 그저 아무 생각 없이, 아무런 보상 없이 행해야 되는 게야. 누가 알아줄 필요도 없고, 알아달라고 할 필요도 없고…."

원효는 고개를 끄덕이며 가만히 한숨을 내쉬었다.

'내가 이 정도 남을 위해 일을 하고 있다.'

이 절을 찾아오기 전에 넘던 고개에서 그런 생각을 한 적이 있었다.

원효는 또 한 번 커다란 것을 깨달을 수 있었다.

봄이 되자 원효는 감천사를 떠났다.

원효는 그 동안 모아 놓은 누룽지를 싸들고 노스님께 찾아가 떠난다는 인사를 올렸다.

"그 동안 수고 많이 했소. 부디 큰 인물 되시오."

노스님이 말하고는 돌아서더니 책을 한 벌 꺼내어 왔다.

"원효 대사, 원효 대사에게 이 책을 드리겠소. 언젠가 필요할 게요."

노스님은 『금강삼매경』이라는 책을 꺼내어 원효에게 내밀었다.

"고맙습니다. 부디 성불하십시오."

원효는 공손히 책을 받았다.

그 모습을 가만히 보고 있던 주위의 다른 스님들이 깜짝 놀랐다.

"원효, 원효 대사라니요?"

"이 분이 바로 원효 대사요, 겨우내 대사가 지어 주신 밥을 먹고 지냈으니 우리 절 스님들은 모두 성불할 게요."

노스님이 껄껄 웃었다.

스님들이 놀라 입을 딱 벌리고 있을 즈음 원효 대사는 이미 절 문을 벗어나고 있었다.

"스님, 스니임!"

산에서 내려온 원효 대사가 강을 건너기 위해서 기다리고 있는데 감천사에 있던 의명이라는 스님이 헐레벌떡 따라왔다.

"원효 대사님, 진작에 몰라뵈어 그 죄가 크옵니다."

"몰라보는 것이 당연하지 그게 무슨 죄인가?"

"아니옵니다. 평소에 대사님의 소문을 듣고 무척 따르고 싶었습니다. 허락해 주십시오."

"집도 절도 없는 나를 따라오면 고생이 이만저만이 아닐 텐데 무얼 하려고, 고생을 사서 하려고 그러오. 감천사 노스님도 법력이 대단한 분이시니 그 분께 가르침을 받도록 하시오."

원효 대사는 의명 스님의 청을 거절했다.

그러나 의명 스님은 물러서지 않았다.

하는 수 없이 원효 대사는 의명 스님을 데리고 가기로 했다.

그는 선산 도리사 중턱에 무애암이라는 조그만 암자를 짓고 거기에서 사람을 제도했다.

어느 해 여름 홍수가 나서 많은 사람들이 떠내려 가고 논밭과 가축이 떠내려가는 큰 물난리가 났다.

"이럴 때 중생의 고통을 모르는 척한대서야 무슨 불제자라고 할 수 있겠는가?"

원효 대사는 의명 스님을 데리고 강 가로 나가서 많은 사람들을 구해냈다.

그 중에는 멀쩡하게 구조된 사람도 있었지만 병들고 굶주린 사람도 많았다.

앓다가 죽는 사람도 많았다.

원효 대사는 의명 스님과 함께 그들을 돌보고 치료하고 간호했다.

죽은 사람들에겐 손수 불경을 읽어 주며 산으로 옮겨 묻어 주었다.

"의명아, 부처님의 뜻과 행동을 따른다는 것은 중생의 똥오줌이나 송장을 치워 주는 험하고 어려운 일을 하는 것이란다. 배불리 먹고 좋은 집에서 호강하는 것은 불제자의 도리가 아니다."

원효 대사는 의명 스님에게도 몸으로 실천을 하면서 가르침을 주었다.

그러던 어느 날이었다.

"원효 있나?"

밖에서 자기를 부르는 소리를 듣고 원효는 방에서 나왔다.

수십 번이나 떨어져 기운 듯한 낡은 누더기를 걸친 괴상하게
생긴 사람이 방문 앞에 서 있었다.

"뉘시오? 뉘신데 날 찾소?"

원효 대사는 합장을 하면서 물었다.

"우리 경을 싣고 다니던 암소가 죽었네. 자네 같이 가서 장
사를 좀 지내주어야겠어."

"그래요? 그럼 가십시다."

"자, 날 따라오게."

그는 원효 대사에게 철저하게 반말을 썼다.

이름을 뱀복이라고 불리기도 하고 사동이라고도 불리는 사람
이었다.

이 사람은 전생에 어떤 죄를 짓고 태어났는지
열두 살이 될 때까지도 말 한 마디 못했고
일어나 걸어다니지도 못했다.

그는 늘 배를 땅바닥에 대고 몸을
움직였다. 마치 뱀이 기어가는 것과
같은 형상이었다.

사람들은 이 괴상한 아이를 보고,

"저 애는 뱀이 되다가 사람이 된
모양이야."

"저런 뱀 같은 병신."하고
고개를 돌렸다.

"뱀 아이야, 뱀 아이야."

이렇게 놀려대는 사람도

있었다.

그러면 말을 못하는 아이는 눈을 크게 뜨고 흉보고 욕하는 사람들을 노려 보곤 했다. 그 눈빛이 뱀눈처럼 반짝거렸고 소름이 끼칠 만큼 끔찍했다.

사람들이 뱀 아이라고 부르는 바람에 아이의 이름은 절로 뱀복이라고 붙여지게 된 것이다.

나이가 들면서 아이는 점점 커졌다.

자라면서도 흉칙스럽기는 마찬가지였다.

몸집이 가늘고, 볼품이 없었고, 얼굴 생김새도 뱀의 머리와 같고, 눈 뜨는 것도 개구리를 노리는 뱀과 흡사했다.

생김새가 이랬기 때문에 아무도 그의 근처에 가려고 하지 않았다.

정말 뱀을 보기나 한 듯 그를 만나면 슬슬 피해 버리곤 했다.

그는 정말 외로웠다.

할 수 없이 뱀복이는 땅꾼들 틈에 끼여 뱀을 잡아서 파는 것을 생활로 삼게 되었다.

그런데 이상한 것은 뱀복이의 뱀 잡는 기술이 대단히 놀라웠다.

눈이 뱀눈 같고 몸이 빼빼 말랐기 때문에, 동작이 빨랐고, 손놀림이 어떻게나 빨랐든지, 풀숲에서 뱀이 얼씬만 해도 뱀복이는 뱀을 놓치지 않고 잡았다.

그래서 뱀도 뱀복이를 보면 꼼짝을 못하고 있다가 잡힌다는 것이다.

뱀복이의 뱀 잡는 재주가 이렇게 비상했으므로 자연 다른 땅꾼들도 뱀복이에게서 뱀 잡는 법을 배웠다.

그러다가 마침내 뱀복이는 땅꾼들의 두목이 되었다.

땅꾼은 대개 천한 불량배들이나 했기 때문에 그들은 세상 사람들에게 천시를 받으며 살았다.

그래서 그들은 집단을 이루어 서로 위로하고 도우면서 살았고, 언제부터인가 그 집단에서 두목을 뽑아 그 무리들의 생활을 이끌고 나갔다.

그런데 뱀복이가 두목에 뽑혔던 것이다.

땅꾼들의 두목 뱀복이의 뒤를 따라 걷다보니 어느 새 그들의 집에 도착했다.

마당에서 하나같이 거지꼴을 하고 웅성거리고 있던 사람들이 뱀복이와 원효 대사에게 길을 비켜 주었다. 집에서도 사람들에게서도 한결같이 뱀 비린내가 코를 찔렀다.

방으로 들어 갔다.

원효 대사는 방 안에 발을 들여 놓다가 흠칫 놀랐다. 방바닥에 깔아 놓은 자리가 온통 뱀의 껍질로 되어 있었다. 뱀 비린내가 더 심하게 풍겼고, 금시에 죽은 뱀들이 여기 저기에서 고개를 빳빳하게 쳐들고 덤벼들 것만 같은 느낌이 들었다.

"죽은 뱀들이야. 그들도 무서운가?"

뱀복이가 고개를 돌리며 눈을 치켜 떴다.

'아직도 내 마음 속에 무서움과 두려움이 남아 있다니 내가 도를 깨우칠 날은 아직도 멀었다.'

원효 대사는 이렇게 중얼거리며 안으로 들어갔다.

"어머니, 원효 대사가 오셨소."

어머니 시체 앞에서 흡사 살아 있는 사람에게 말하듯이 말하고는 원효 대사를 돌아보았다.

"이 분이 내 어머니야, 옛날 우리 둘이서 경을 가져 올 때에 그 경을 싣고 오던 암소였었지. 경을 싣고 날랐던 공덕으로 사람의 몸을 타고 났으나 닦은 복도 없고 덕도 없어 평생을 가난하고 굶주림으로 고생고생하는데다가 나 같은 아들을 만나 이렇게 지지리도 힘들게 살다가 저 세상으로 갔구만. 그런데 임종할 때 원효 대사의 계를 한 번 받으면 다음 세상에서는 복 받고 태어날 수 있대나? 그래서 자네를 청해 온 걸세. 그런데 워낙에 복이 없는 사람이라 살아 생전에 자네의 계를 받으려고 하던 마지막 소망도 결국에는 못 이루고 이렇게 죽어서 자네를 만나게 되었네."

뱀복이는 이렇게 중얼거렸다.

그의 말을 믿는다면 뱀복이와 원효 대사는 전생에 친구였으며, 불법을 배우고 불법을 적은 책을 옮겨 오는데 그것을 검은 소가 등에 지고 날랐다는 것이다.

불경을 지고 날랐던 공덕으로 사람으로 태어났다는 것이고.

그렇다면 모든 사람들에게 손가락질을 받으며 업신여김을 받던 뱀복이는 원효 대사 이상으로 모든 것을 알고 있는 사람이 되는 셈이다.

그의 말하는 품으로 보나 내용으로 보아 아무나 함부로 지껄일 내용이 아니었다.

원효 대사는 그럴지도 모른다고 고개를 끄덕였다.

뱀복이가 원효 대사를 돌아보았다.

원효 대사는 두 손을 모아 합장을 했다.

"그 분의 소망을 이루어 드려야지요."

이렇게 말하면서 원효 대사는 가지고 온 향을 피우고 염불을 시작했다. 목탁 소리와 맑고도 우렁찬 원효 대사의 염불이 뱀 비린내 나는 뱀복이의 집 안팎에 서서히 퍼져 나갔다.

나지 말 것을 죽기 괴로우니,
죽지 말 것을 나기 괴로우니….

염불이 끝났다.

"자, 나는 뒤 쪽을 잡을 테니 자네는 앞 쪽을 잡아 주게. 기왕이면 가는 길까지 모셔야 하지 않겠나."

처음보다는 말투가 많이 고분고분해졌으나 아직도 명령조였다.

원효 대사는 상여의 앞 쪽을 잡았다.

상여라기보다는 조그만 들것이었다.

원효 대사는 앞 쪽에서 끌기 시작했다.

뱀복이와 같이 얻어 먹던 거지들이 뒤를 따랐다.

괴상망측한 행렬이 시작된 것이다.

이 소문은 삽시간에 퍼져 나갔다.

"아니, 스님."

소문을 듣고 심상이 원효 대사에게 달려 왔다.

"네가 무슨 일이더냐?"

땀을 뻘뻘 흘리면서 원효 대사가 고개를 돌리며 물었다.

"스님, 그 동안 어디 가셨나 했더니… 그나 저나 큰일 났습니다."

"왜?"

"분황사에 있는 스님들이 모두 들고 일어났습니다. 파계승은 용서할 수 없다며 스님을 없애야 한다고 황룡사, 홍륜사 등 모든 절에 연락하여 모두 이리로 달려 온다고 했습니다."

"그래?"

"파계를 해서 질서를 어지럽힌데다가 이제는 뱀 잡는 땅꾼들의 두목이 되고, 거기에다가 땅꾼 에미 상여까지 맨다고…."

"거 잘 되었구나."

너무나 태연한 원효 대사의 말에 심상은 울상이 되었다.

"예에?"

"와서 흙 한 가래라도 퍼부어 주고 가야지. 제 어미 장례인데…."

"아니, 스님. 제 어미 장례라니요?"

"너는 석가모니 부처님의 이런 일화도 못 들어 봤느냐? 어느 날 길 가에 구르는 해골을 보고 전생에 부모의 해골이었는지도 모른다고 고개 숙여 예를 드린 일을. 그러니까 여기 이 분도 전생에, 또 그 전전생에서 우리들의 어머니였을지 누가 아느냐?"

"예에?"

심상이 입을 딱 벌렸다.

뱀복이의 어머니를 묻을 산소 자리에 도착했다.

"여기야, 여기. 자, 두 사람 묻을 구덩이를 파라."

뱀복이는 부하들에게 명령을 내렸다.

부하들이 고개를 갸웃거리며 구덩이를 파기 시작했다.

구덩이를 파는 동안에도 원효 대사는 『천지팔양경』과 『마하 반야바라밀다심경』을 봉송했다.

구덩이가 완성되었다.

"우리 어머니가 평생 동안 나를 떠나기를 싫어했으니까 내가 모시고 가련다."

뱀복이는 태연하게 말하면서 구덩이 하나에는 어머니를 묻고 나머지 구덩이에는 자기가 들어갔다.

그 때였다.

산 기슭 아래에서 수백 명의 스님들이 몽둥이를 들고 식식거 리면서 올라오고 있었다.

"옳거니, 저들이 내 발길을 조금 늦추는군."

뱀복이가 고개를 쑥 빼고 그들이 올 때까지 기다렸다.

식식거리며 올라온 스님들은 원효 대사 앞으로 내달으며 몽 둥이를 높이 치켜 들었다.

"이 서시 같은 놈, 우리 불교의 망신을 시켜도 분수가 있지, 이게 뭐 하는 짓이야!"

그들은 입에도 담지 못할 욕설까지 퍼부으면서 금방이라도 치켜든 몽둥이를 내리칠 기세였나.

"거지 같은 놈?"

구덩이로 들어 갔던 뱀복이가 밖으로 나와 원효 대사의 앞을 가로막아 섰다.

기세 등등하던 스님들은 뱀복이의 조금도 두려워하지 않고 막아서는 눈빛을 보고 기세가 조금 누그러졌다.

"거지 같은 놈이라고 했으렷다?

그래, 우리는 거지들이다. 우리가 너희들과 뭐가 다르냐? 얻어 먹고 목숨을 부지하기는 너희나 우리나 마찬가지다. 그래도 우리들은 지금 너희들처럼 이렇게 욕설을 퍼부으며 몽둥이로 사람을 치거나 하지는 않았다. 우리는 그래도 사람들을 해치는 뱀이라도 잡아 사람들을 두려움에서 벗어나게 해 주었는데 너희들은 사람들을 위해 한 게 뭐 있느냐? 그래, 너희들 말처럼 여기 이 원효가 죽을 죄를 졌다고 하자. 몽둥이를 들고 욕설을 퍼부으면서 이렇게 떼를 지어 몰려든 것은 잘하는 짓이더냐? 어느 경에 그런 것을 적어 두었더냐?"

몰골이 형편없는 거지로부터 논리 정연한 말을 듣자 스님들은 움찔 했다.

"자, 나는 때가 되어 이만 떠나겠소. 이 생에 여러 친구들

에게 신세 많이 졌소. 여러 스님네들, 우리 한 때에는 같은 절에서 도가 높은 스님을 모시고 같이 공부하였던 적이 있었소. 그 때의 그 인연으로 또 이렇게 모였는데, 싸우지 말고 시비하지 마시오. 사람의 몸으로 태어나기가 쉽지 않고, 부처님 가르침 만나기 또한 어렵다고 하는데 서로 싸우고 다툴 사이가 어디 있소.”

뱀복이는 이렇게 말하더니,

“모두 제 발 밑을 보아라.”하고 소리쳤다.

“앗!”

사람들은 모두 소리를 지르며 뒤로 주춤 물러섰다.

거기에 모인 사람들 발 밑마다 독이 바짝 오른 독사 한 마리가 머리를 바짝 치켜 들고 혀를 날름거리고 있었다.

사람들이 놀라 뒤로 물러서는 것을 보고 뱀복이가 큰 소리로 껄껄 웃었다.

“내 몸 밖에 있는 독사는 잘도 보면서 자기 마음 속에 있는 독사는 어찌 못 보누. 마음 속에 있는 아집을 버려라! 마음 속에 있는 욕심을 버려라! 마음 속에 있는 어리석음을 버려라! 마음 속에 있는 미움을 버려라! 그렇지 않으면 항상 마음 속에 독사가 들어 있을지니….”

뱀복이가 이런 말을 하자 사람들 발 밑에 있는 독사들이 모두 사라졌다.

뱀복이는 다시 구덩이 속으로 들어 갔다.

흙이 저절로 덮였다.

‘대단한 가르침이다. 도가 웬만큼 뛰어난 사람이 아니었어.’

중생구제

지켜 보던 스님들이 하나 둘 슬금슬금 산 아래로 내려 갔다.

"대사님!"

장례가 끝나자 늙수그레한 땅꾼이 원효의 앞을 가로막았다.

"우리 같은 인간들도 부처님을 모실 수 있습니까?"

"부처님을 모시는 사람은 따로 있지 않습니다. 누구나 마음 속의 때를 씻어내면 부처님을 모실 수도 있고 부처님을 따를 수도 있으며, 부처도 될 수 있습니다. 부처님께선 모든 사람을 똑같이 보십니다. 착한 사람도 없고 악한 사람도 없으며, 잘난 사람도 없고 못난 사람도 없으며, 높은 사람도 없고 천한 사람도 없다고 여기십니다."

여기 저기 흩어져서 돌아가는 사태를 지켜 보던 땅꾼들이 늙수그레한 동료의 뒤로 와서 슬금슬금 꿇어 앉았다.

"대사님, 저희들에게 좋은 말씀을 들려 주십시오. 오늘 저희들은 새로운 것을 깨달았습니다."

말하는 땅꾼들의 눈이 빛났다.

원효 대사는 마음이 훈훈해짐을 느꼈다.

"이미 뱀복 보살님이 몸으로써 우리를 가르쳐 주고 떠났는데 무슨 다른 말이 더 필요하겠소. 다들 마음 속에서 일어나는 쓸데 없는 망상을 버리고, 욕심을 버리고, 남을 미워하는 마음을 버리고, 성내는 마음을 버리면 바로 그 자신이 부처인 것을….

그렇소. 그 옛날 석가모니 부처님께서도 제자들이 가르침을 청하면 때와 장소를 가리지 않고 가르침을 주셨으니 이 몸도 노래나 한 곡 하여서 이를 대신하겠소."

원효 대사는 기침을 한 번 하면서 목청을 가다듬고는 노래를 부르기 시작했다.

모든 것이 마음 속에 달렸거니
콩 심은 데 콩 나고 팥 심은 데 팥 거두니
원인 결과가 모두 자기가 지은 업보로다
어허 두려운지고 욕심 많은 마음이 두려워라.

방울방울 물이 모여 큰 바다 이루듯이
작은 착한 일도 모여서 큰 공덕 되리로다
이를 알고 행한다면 그 복이 돌아오리
어허 고마운지고 바른 마음 고마워라.

헐벗는 이 옷을 주고, 배고픈 이 밥을 주며,
앓는 이 구완하고 약한 이 도와주면
그게 모두 보시행, 보시행이 으뜸일세.

어버이 크신 은혜 모르는 이 없을 터이고,
스승의 고마움을 아는 이 그 얼마인가
임금께 충성할 제 목숨을 아낄소냐
효도를 하는 길이 도 닦음 으뜸이라.

부처님 법 닦는 집이 그 모양이 어떠한고
큰 소리 성난 모양 꿈에라도 없을 것이
신명이 도우시고 불보살이 지키시니

자손 창성하고 부귀공명하오리라.

부처님 법 닦는 나라 그 모양이 어떠한고
백성은 다 충신이요, 아들 딸 효자로다.
악귀가 물러가고 신선이 모여드니
우순풍조[1]하고 국태민안[2]하다.

착한 일 하는 보살 이 나라에 나셨으니
산 모양 들 모양도 얼굴에 웃음짓고
날짐승 길벌레도 나쁜 마음 버렸으니
현세 즉 극락이라 이 아니 보국[3]이랴.

어허 기쁜지라 지화자 좋을시고
법고 둥둥 울려라, 한바탕 춤을 추세.

노래를 하면서 원효 대사는 일어나 덩실덩실 춤을 추었다.
다른 사람들도 모두 따라 일어나서 춤을 추었다.
누가 시킨 것도 아니었다. 그저 원효 대사의 노래에 흥이 겨
워 절로 추는 춤이었다.
한바탕의 노래와 춤이 끝나자 원효는 염불을 하면서 산을 내

---

1) 우순풍조 : 비가 알맞게 오고 바람도 알맞게 불어줌
2) 국태민안 : 나라가 태평스럽고 백성은 편안함
3) 보국 : 나라의 은혜가 큼

려 갔다.

다른 사람들도 모두 그 뒤를 따르면서 염불을 했다.

"나무 아미타불, 나무 아미타불, 나무 아미타불, 나무 아미타불….

그들은 그대로 서라벌 거리로 내려 갔다.

여러 사람들이 한꺼번에 합창을 하듯 하는 염불은 거리거리로 울려 퍼졌다. 길 가던 사람들이 걸음을 멈추고 그들의 하는 모습을 물끄러미 구경하기도 했다. 어떤 사람들은 행렬 끝에 끼여 들어 같이 걸으며 염불을 하기도 했다.

그 날부터 원효 대사는 뱀복이의 집에 머무르면서 그들과 같이 생활을 했다.

사람들은 원효 대사를 이제는 거지 두목이라고 불렀다.

뱀복이의 부하였던 사람들은 원효 대사의 말이라면 무엇이든지 고분고분 잘 들어 주었다.

원효 대사는 그들과 함께하면서 그들에게 틈틈이 부처님의 가르침을 가르쳐 주고 한편으론 일을 시켰다.

원래 거지들의 습성은 일하기 싫어하는 게으름이 몸에 붙어 있었다.

그 중에 하나는 제 몸 하나 꼼짝하기도 싫어하는 거지가 있었다.

그의 얼굴은 항상 꾀죄죄했다.

물이 바로 집 옆에 있었지만 거기까지 걸어나가는 것도 싫어했고, 그 옆으로 지나가면서도 물에 손 넣는 일조차 싫어했다.

여간해서는 말도 하지 않았다.

입 움직이는 그것조차도 싫어하는 것이었다.

동냥도 잘 나가지 않았지만, 동냥을 나가서도 한 끼만 얻으면 그냥 돌아왔다. 욕심이 없어서가 아니라 얻으러 다니기도 싫은 것이었다.

원효 대사는 그 거지에게 빗자루를 들려 주면서 방과 뜰을 쓸라고 했다.

"힘들고 귀찮은데…."

"그렇게 게으름을 피우면 다음 세상에 소로 태어나서 온갖 힘든 일을 해야 돼. 지금이라도 늦지 않았으니 부지런히 방과 뜰을 쓸어. 비질을 할 때마다 관세음보살 염불을 해. 하루에 천 번만…."

원효 대사의 명령이라 그는 하는 수 없이 빗자루를 찾아 들고 쓸었다.

그러나, 하기 싫은 일을 억지로 하는 것이었기 때문에 일이 잘 될 리가 없었다. 서너 번 빗자루질을 하고는 그늘에 털썩 주저앉았다.

그나마 쓸어낸 뒷자리에는 휴지조각들이 날아다니고 있어 쓰나 마나였다.

"그렇게 힘들어?"

원효 대사는 그가 내 버린 빗자루를 집어 들고 나머지를 쓸면서 물어 보았다.

원효 대사가 빗자루를 들고 쓸어내니 그도 조금은 미안한 모양이었다.

"서 있기가 힘들어서…."

"그럼 앉아서 쓸어."

거지는 엉덩이를 땅바닥에 대고 앉아서 비질을 했다.

그것도 대여섯 번 하고는 또 빗자루를 집어 던졌다.

"앉는 것도 힘들어서."

"그럼 누워서 쓸어."

거지는 누워서 염불을 해 가면서 쓸었다.

잘 쓸어질 리가 없었다.

그래서 다시 일어나 쓸었다.

이렇게 하다가 보니 그의 게으른 버릇은 차차 없어져 갔다.

거지 중에는 별별 거지들이 다 있었다. 동정심이라고는 눈꼽만큼도 없는 거지, 거짓말을 밥 먹듯 하는 거지, 툭하면 남과 시비를 걸어 싸움을 벌이는 거지, 도둑질을 하는 거지….

원효 대사는 그들의 버릇을 하나하나 고쳐 나갔다.

또한 그들이 가지고 있는 재주를 찾아내어 그들도 남보다 잘 하는 섯이 있다는 자부심을 갖게 해 주었다.

남을 잘 웃기는 자, 휘파람을 잘 부는 자, 꼽추춤을 잘 추는 자, 재주 넘기를 잘 하는 자….

그들에게 그들의 재수를 사람들에게 보여 주도록 하고 동냥이 아니라 떳떳하게 벌어 먹도록 했다.

그리고, 아침마다 빗자루를 하나씩 들고, 마을이나 거리로 내려가 지저분한 거리를 쓸었다.

"마당 쓸어 드리겠소. 변소도 쳐 드리겠소."

그들은 이렇게 말하면서 마을의 구석구석을 청소했다.

이것이 시작이 되어 마침내는 집 수리를 부탁하는 사람, 청소를 부탁해 오는 사람, 짐을 운반해 달라는 사람….

이제 원효 대사 밑에 있는 사람들은 거지가 아니었다.

오랫 동안 몸에 배어 있던 게으른 습성이 하나하나 떨어져 나가고 스스로 일을 하고 밥을 벌어먹는 사람으로 변해갔다.

'부처님 법 만나는 일도 누구나 마음만 먹으면 되는 것을….'

원효 대사는 또 한 가지 새로운 것을 깨달았다.

'저 무지하고 게을렀던 사람들도 마음 고쳐 먹으니 저렇게 딴 사람이 될 수 있는 것을. 부처님 말씀은 출가한 중과 신도들, 지체 높은 양반들에게만 하는 것이 아니다. 그래, 저런 사람들에게 부처님 말씀을 전하자.

그렇다. 중생을 제도하는 것이 급하다. 아직도 신라에는 불교의 참 진리를 모르고 헤매는 무리가 얼마나 많으냐. 이들을 제도하지 않고 어찌 불제자라 할 수 있으랴. 여태껏 신라의 불교는 귀족 사회에서만 맴돌고 있지 아니하냐? 불법이 어찌 몇몇 사람들의 전유물이 될 수 있으랴.'

그 당시 신라 불교는 귀족 중심의 불교였다.

불교가 고구려를 거쳐 신라로 들어온 뒤 임금을 비롯한 고관 대작의 귀족들에게만 퍼졌지, 서민이나 하류 사회에는 널리 알려지지 않고 있었던 것이다. 불교의 역사가 짧은 까닭도 있지만, 승려들이 불교의 대중화를 소홀히 한 탓도 있었다.

원효는 가난하고 무지하고, 고통받는 사람들을 찾아 땅꾼들의 무리를 떠났다.

중생 제도의 길에 나선 것이다.

나서보니, 세상엔 너무도 비참한 사람이 많았다. 가난한 사람도 많았고 병자도 많았다.

원효 대사가 알지도 못하는 병에 걸려 세상을 원망하는 사람도 있었다.

온 몸이 썩어가는 문둥병 환자들도 많았다.

다른 사람은 물론 심지어는 부모 형제 친척들까지도 가까이 하지 않으려는 저주 받은 인생들이었다.

원효 대사는 이런 사람들을 스스로 찾아갔다.

"오지 마시오, 우리는 저주받은 인생들이오. 이 꼴을 더 이상 남에게 보이고 싶지 않소."

"공연히 쓸데 없는 말 하지 말아요."

중생구제

“이 더러운 꼴을 보고 하루도 못 견디고 도망갈 텐데….”

“우리들이 고통스러워하는 것을 보고 즐기자고 오는 게요?”

처음 문둥이들은 자기네들에게 다가오는 원효 대사를 못 오게 했다.

심지어는 돌팔매질을 하면서까지 막았다.

그러나 원효 대사는 돌아서지 않았다.

그들의 고통을 진심으로 이해하고 그들에게 부처님의 법문을 설법해 주었다.

“마음의 때를 씻고 부처님의 도를 닦아 수행을 쌓으면, 극락 왕생할 것이니 슬퍼 말고 낙심치 말라. 사람들은 전생의 인연으로 이 세상에 다시 태어나는 것이다. 사람의 몸을 받아 살아가면서 쌓은 업들이 모여 다음 세상에 그 사람을 따라다닐 것인즉, 남을 위해 베풀면 그 공덕으로 다음 세상에 좋은 인연으로 태어날 것이다.

부처님의 말씀을 한 번이라도 들은 사람들은 그 공덕으로 좋은 인연을 짓는 것이니….”

원효 대사는 그들이 알아듣기 쉬운 말로 부처님의 말씀을 일러 주었다.

“대사님 말씀을 따르겠습니다. 저희들을 붙잡아 주시옵소서.”

문둥이들은 원효 대사의 법문을 듣고 눈시울을 붉히며 고마워했다.

그 동안 어둠에 쌓여 있던 문둥이들의 얼굴에도 밝은 빛이 떠오르고 생기가 돌았다.

원효 대사의 시원스런 설법을 듣고 있으면 모든 괴로움이 사라지고, 절망에서 벗어나 새로운 희망을 얻을 수가 있었다.

원효 대사는 그들이 부처님의 참 뜻과 참 가르침을 알게 될 때까지, 그들과 함께 지내며 설법을 계속했다. 모든 사람들이 눈살을 찌푸리고 피하는 그들과 함께 있으면서 음식도 같이 먹고, 잠자리도 같이 하며, 부처님의 말씀을 설명해 주고 가르쳐 주곤 했다.

이미 모든 것을 초월한 원효 대사에게는 살이 썩는 냄새 같은 것은 코로 들어오지 않았고, 살점이 떨어져 나간 짓무른 그들의 피부 따위가 눈에 보이지 않았다.

해골 바가지에 고인 물을 벌컥벌컥 들이마셨던 원효 대사가 아니었던가.

문둥이들은 원효 대사를 보통 스님으로 생각하지 않았다.

살아 있는 부처님으로 여겼다.

부처님이 아닌 사람으로서는 이렇게 할 수 없는 일이라 여겼고, 또한 사실이 그러했다.

원효 대사가 떠나게 되는 날, 이들은 통곡을 하며 언제 또 오시겠느냐고 못내 안타까워하였다.

"이 세상에는 여러 분들보다 못한 사람들이 얼마나 많은지 모릅니다. 그들을 찾아가 부처님의 말씀을 들려 주기 위해서는 이 한 곳에 머무를 수가 없소이다. 틈 나는 대로 찾아올 것이니 부처님 말씀대로 밝은 마음을 지니고 수행을 쌓으십시오."

원효 대사는 문둥이들을 안심시키고 다시 길을 떠났다.

구원의 길

원효 대사의 손길이 필요한 곳은 곳곳에 수없이 많았다.

가난한 사람들이 한 곳에 몰려 사는 동네도 있었다.

서로가 돕고 서로가 아끼며 서로가 힘을 합해야 할 동네였다. 그런데 서로가 서로를 시기하고 서로를 욕하고 원수같이 으르렁거렸다.

욕설이 왔다갔다 하고, 주먹이 왔다갔다 했다.

옷이 찢기고 피를 흘렸다.

끝나고 보면 이로운 것은 한 가지도 없다. 가난한 살림에 옷이 찢겼으니 새로 옷 장만하기도 어렵고, 가난한 살림에 몸까지 다쳤으니 벌이도 할 수가 없다. 그러면 더욱 가난에 쪼들릴 수밖에 없었다. 그런데도 그들은 마음 속에 묻은 때와 먼지를 씻어낼 줄을 모르고 싸움만 계속했다.

몰라서 그랬다.

무식해서 그랬다.

오랫 동안 가난에 시달리며 살다가 보니 마음에 때가 묻어 마음이 비뚤어져서 그랬다.

원효 대사는 이들에게도 부처님 말씀을 얘기해 주었다.

"마음에 묻은 때를 씻어 버리면 가난함을 슬퍼도 하지 않고 서로 미워하는 마음, 시기하는 마음이 없어서 서로 돕고 서로 위하며 잘 살아갈 수가 있습니다. 그러면 서로가 잘 살 수 있고 수행을 쌓아 극락 왕생할 수 있습니다. 부처님 말씀에 이런 이야기가 있었지요."

어느 나라에 왕이 있었습니다.

이 나라는 기후가 알맞아 해마다 농사는 풍년이었고, 넓은 땅덩이에서 나오는 여러 가지 금, 은 보석은 사람들의 살림살이를 더욱 풍요롭게 해 주었습니다.

왕은 아무런 걱정이 없었습니다.

백성들도 순박하고 어질어서 모두들 잘 따라 주었습니다.

"이렇게 사는 것이 누구 덕이냐?"

이렇게 물으면 모든 백성들은,

"예, 이 모두가 대왕 마마의 은덕입니다."라고 대답했습니다.

"그렇지. 아무렴."

왕은 백성들이 자기 덕이라고 할 때마다 마음이 흐뭇하여 고개를 끄덕였습니다.

왕에게는 공주가 하나 있었습니다.

그는 총명하고 예뻐서 궁중의 모든 사람들로부터 귀여움을 받았습니다.

특히 왕과 왕비는 끔찍이도 공주를 사랑했습니다.

공주가 차차 나이가 들어 시집갈 나이가 되었을 무렵이었습니다.

"공주야, 우리 공주가 이젠 시집갈 나이가 다 되었구나. 이

나라에서 가장 훌륭한 신랑을 구해 짝을 지어 주어야겠다. 공주는 누구 덕으로 이렇게 예쁘게 자라 사람들의 귀여움을 받고 있다고 생각하는고?”

어느 날 정원을 거닐다가 왕은 뒤따라오는 공주에게 물었습니다.

“예, 그야 제 덕이죠 뭐.”

공주의 입에서 이런 말이 튀어나오자 근처에 있던 사람들은 깜짝 놀랐습니다.

“뭐? 뭐라고?”

당연히 아버님이신 대왕의 덕이라고 대답할 줄 알았던 왕은 단박에 얼굴을 찌푸렸습니다.

“애야, 네가 너무 귀엽게 자라 이 애비에게 농담을 다 하는구나. 이 애비의 덕이라고 해야지.”

왕이 미소를 띠며 말했습니다.

“아닙니다. 이건 어디까지나 제 덕입니다.”

공주의 대답은 너무도 또렷했고 분명했습니다.

“허어, 그래도?”

왕의 얼굴은 먹구름이 잔뜩 낀 하늘처럼 흐려졌습니다.

“애야, 너 그게 무슨 말버릇이냐? 당연히 이 나라 최고 어른이신 아바 마마의 덕이라고 해야지.”

곁에 있던 왕비가 주의를 주었습니다.

“아니라니까요. 전 제 덕으로 살아요. 앞으로도 그렇게 살 거구요.”

공주의 말을 듣고 있던 왕은 화를 버럭 내었습니다.

"이런 불효 막심한 놈, 이 나라 만 백성이 모두 이 대왕의 덕으로 먹고 산다고 하거늘 네 어찌 공주의 몸으로 태어나 먹고 사는 것이 네 덕이라고 하는고?"

왕은 다시 삼 세 번을 물었지만 공주의 대답은 한결같았습니다.

"에잇!"

왕은 화가 날대로 났습니다.

"좋다! 네가 진짜로 네 덕으로 살아갈 수 있는지 어디 한 번 시험해 보자."

왕은 신하들에게 명령하여 나라 안에서 가장 가난한 거지 하나를 찾아오게 했습니다. 그리고, 신하들이 찾아온 거지 사나이와 공주를 결혼시켜 대궐 밖으로 내쫓았습니다.

"만일 네가 네 말마따나 네 덕으로 산다면 이 가난뱅이 거지와 결혼해도 잘 먹고 잘 살 수 있을 것이다. 당장 이 길로 대궐 밖으로 나가거라.

우리 백성들 중에서 이들을 동정하는 사람이 있으면 중벌을 면치 못할 것이니 아무도 이들에게 쌀 한 톨, 물 한 모금 나누어 주지 말지어다."

왕은 단단히 화가 나서 공주를 내쫓았습니다.

왕비가 울면서 한 번만 용서해 주자고 간청을 해도 왕은 매우 노해서 명령을 거두어 들이지 않았습니다.

"안녕히 계십시오."

공주는 조금도 걱정하는 빛이 없이 그 거지 사나이를 데리고 대궐에서 나왔습니다.

"공연히 나 때문에 당신까지 동냥도 못하게 생겼군요."

"글쎄요. 저는 도무지 뭐가 뭔지 모르겠습니다."

거지 사나이가 눈을 꿈뻑거리며 고개를 갸웃거렸습니다.

"그렇겠지요. 그러나, 염려 마셔요. 살아가는 방법이 있겠지요. 이젠 잘났으나 못났으나 당신은 내 남편이니까 당신 집안의 내력이나 좀 말씀해 주셔요."

"우리 아버지는 외국으로 다니며 물건을 사고 파는 장사를 했는데 무척 부자였다고 하더군요. 그래요. 희미하게 기억이 나요. 내가 다섯 살 때인가 집에 불이 났었어요.

그 전까지만 해도 아주 넓은 집에 많은 하인들이 있었어요. 언제나 하인들이 바쁘게 일하였고, 창고에는 보석들이 가득 들어 있었으며, 마당 안팎으로 곡식들이 산더미같이 쌓여 있었던 기억이 나요.

어느 날 집에 불이 났지요. 그래서, 그 넓은 집은 다 타버리고, 아버지 어머니도 불에 타 돌아가셨답니다. 그 후 난 의지할 데가 없어 이렇게 남의 집에 돌아다니며 얻어먹는 신세가 되었지요."

사나이의 눈자위가 발갛게 물이 들었습니다.

"그랬었군요. 그럼, 당신이 살던 집이 어디인지 알겠군요?"

공주가 다시 물었습니다.

"그럼요. 그렇지만 지금은 아무 쓸모 없는 빈터만 남아 있을 겁니다."

"그나마 터가 남아 있어 다행이에요. 우리 그리로 가요. 거기에 가서 우선 조그마한 움막이라도 하나 지어 놓고 살 도리를 의논해 보는 게 좋겠어요."

공주가 사나이를 끌었습니다.

"형편없이 폐허가 된 곳으로요?"

사나이가 머뭇거렸습니다.

"지금이야 그 수 밖에 없잖아요. 이제 우리에게 밥 한 덩이 나누어 줄 사람도 없어요. 그 집이야 원래 당신네가 살던 집터이니까 뭐라고 할 사람은 아무도 없을 거예요."

그들은 폐허가 된 옛 집으로 돌아왔습니다.

군데군데 흙무더기가 무질서하게 쌓여 있는 집터 위에 잡초들이 무성하게 돋아나 있었습니다. 여기 저기 타다 남은 목재들이 삐죽삐죽 튀어나와 썩어가고 있었고, 깨진 기왓장, 깨진 그릇조각들이 발 끝에 채였습니다.

"됐어요. 이 터는 우리가 누구에게 얻은 것이 아니고, 처음부터 당신 거예요. 여기에 우선 집을 지어요."

공주가 팔을 걷어붙이고 서둘렀습니다.

"이런 곳에요?"

"그럼, 당장에 찬 이슬을 맞으며 밤을 지샐 수는 없잖아요."

"어휴, 공연히…."

사나이가 몹시 못마땅한 표정을 지으며 툴툴거렸습니다.

"자, 어서 시작해요. 늙어 죽을 때까지 가난뱅이 거지로 남의 것을 얻어먹으며 살 텐가요?"

사나이는 공주의 손에 끌려 하는 수 없이 터를 고르기 시작했습니다.

우선 잡초를 뽑아냈습니다.

키가 넘을 만큼 멋대로 자라난 잡초를 뽑는 일은 그리 쉬운

구원의 길

일이 아니었습니다. 더구나 지금까지 일이라곤 해 보지 않았던 공주와 거지의 힘으로는 더욱 그러했습니다. 금방 손에 풀물이 배고 손바닥에 물집이 생겼습니다.

그래도 땀을 뻘뻘 흘리며 열심히 했습니다.

처음에는 툴툴거리던 남편도 이젠 아무 소리 않고 열심히 움직였습니다.

잡초를 뽑아내고 땅을 평평하게 골랐습니다.

"자, 이 목재는 다시 사용할 수 있겠어요. 불에 탄 목재로 집을 지으면 재수가 좋대요. 골라 놓으셔요. 옳지, 이건 삽이고 곡괭이인데 이만하면 손으로 하는 것보다 낫겠어요."

두 사람의 얼굴은 땀과 먼지, 불에 탄 목재의 검은 먼지 때문에 얼굴이 금방 새까매졌습니다.

"호호호호…."

"하하하하…."

두 사람은 이따금 일하다 말고 서로의 얼굴을 쳐다보며 웃었습니다.

불룩하게 솟아오른 흙을 끌어다가 웅덩이를 메우는 작업을 할 때입니다.

땅을 파는데 땅 속에서 뭔가 쨍그랑 소리가 났습니다.

"무슨 소리지?"

"아마 옛날에 쓰던 그릇 따위가 묻혀 있는 모양입니다."

둘이는 아무런 생각 없이 작업을 계속했습니다.

그런데 한참 흙더미를 파내다가 흙 속에 묻혀 있는 커다란 가마솥 하나를 발견했습니다.

"여기에 이런 게 있네. 아직은 솥으로 쓸 만하겠는데요."

공주가 들고 있던 삽자루로 솥뚜껑을 서너 번 꽝꽝 때렸습니다.

"글쎄, 너무 녹이 슬어서 못 쓸 것 같잖아요?"

사나이는 발로 솥뚜껑을 툭툭 찼습니다. 그 바람에 솥뚜껑이 지지직 소리를 내며 열렸습니다.

그런데, 이게 웬일일까요?

솥뚜껑 속에는 샛노란 빛이 번쩍거리는 순금 덩어리가 가득 들어 있었습니다. 햇살을 받은 금 덩어리는 눈을 뜨지 못할 정도로 강한 빛을 내뿜었습니다.

"아!"

둘이는 한 동안 입만 딱 벌리고 아무 말도 못했습니다.

구원의 길

"세상에… 어쩜 이런 보석이 수십 년 동안 땅 속에 묻혀 있었다니… 공주, 역시 당신은 당신 복으로 살아가는 사람이군요."

사나이가 감탄해서 중얼거렸습니다.

"천만에요. 이것들은 옛날 당신 부모님들께서 숨겨 두었던 게 틀림없어요. 자, 서서 구경만 할 게 아니라…."

공주와 사나이는 힘을 합해서 솥을 꺼내었습니다. 그리고, 금을 팔아서 땅도 사고, 집도 크게 지었습니다.

옛날 불 나기 전보다 더 큰 집이 되었습니다.

농장도 크게 넓혔습니다.

하인들과 시녀들도 많이 구했습니다.

나날이 재물이 불어나 이제 그들은 이 나라에서 제일 가는 부자가 되었습니다.

꽤 많은 세월이 지나갔습니다.

그 동안 왕은 하루도 공주에 대해 잊어본 적이 없었습니다. 거지와 결혼을 시켜 쫓아낸 일은 스스로 생각해도 너무했다고 늘 후회를 했습니다.

그러면서도 왕비가,

"신하들을 시켜서 찾아보라고 할까요? 어떻게 사는지 알아보고 몰래 도와주면 어떨까요?"하고 말하면 시끄럽다고 말도 못 꺼내게 했습니다.

"까짓 것 내버려 둬. 제 덕에 산다고 했으니까 잘 살겠지. 못 살아도 관계 없어. 큰 소리 치고 나간 녀석 고생도 해 봐야 부모의 은덕도 아는 거야."

그러나, 세월이 자꾸 흘러갈수록 공주의 생각이 나곤 했습니다.

구원의 길

'아무래도 내가 너무 심했어.'

마침내 왕은 신하들을 시켜서 몰래 공주에 대해 알아보라고
했습니다.

"마마! 공주 마마께옵서는 이 나라 제일 가는 갑부가 되어
남 부럽지 않게 잘 살고 있사옵니다."

공주에 대해 조사를 한 신하들이 왕에게 보고를 했습니다.

"아니, 뭐라구? 오! 그것 참 잘 된 일이구나. 그런데 맨 손
으로 나간 그 녀석이 무슨 재주로 그렇게 잘 살게 되었다고 하
더냐?"

"거지였던 남편의 집터에서 집을 짓다가 금이 가득 든 항아
리를 발견했다고 했습니다."

"역시 그 녀석 말대로 제 복으로 사는 게로군."

어느 날 왕은 부처님이 있는 곳으로 나아갔습니다.

"제 딸이 전생에 무슨 복과 덕을 쌓았기에 왕가에 태어날 수
있었고, 또한 저토록 복을 누리고 살 수 있사옵니까?"

왕의 질문을 받은 부처님께서 천천히 설명을 해 주셨습니다.

"아득한 옛날에 비바시라는 부처님이 계시다가 열반에 드시
게 되었지요.

그 때 나라를 다스리던 왕은 부처님을 위해 칠보탑을 세우고,
부처님의 사리를 모셨지요. 그 때 왕비는 자신이 쓰고 있던 금
관을 비바시 불상의 머리에 얹고 몸에 장식하고 있던 보물들을
부처님의 지팡이 끝에 매달았었소.

그 때 그런 인연으로 다시 인간 세상에 태어나 행복하게 살
게 되었지요.

구원의 길

어느 날 가섭이란 부처님을 만나게 되는데, 그녀는 가섭 부처님께 음식 공양을 하려고 했었지요. 그런데 그 남편 되는 사람이 그걸 막았었어요. 그러자, 그녀는 눈물로 호소를 했어요.

'말리지 마셔요. 남을 위해 베푸는 일에 인색해서는 안 됩니다. 사람은 인연에 따라 복을 짓기 때문에 제가 좋은 일을 많이 하면 그 복이 제게 다시 돌아와 기쁨을 줍니다. 제게 돌아오지 않으면 당신에게나 우리 아이들에게 돌아오게 되어 있사옵니다.

제가 악한 일을 하게 되면 그 또한 제게 돌아와 고통을 주게 되어 있사오니 남을 위해 베푸는 일을 막지 마십시오.'하면서요. 하는 수 없이 그 남편도 허락을 했습니다.

대왕! 아시겠습니까? 그 때 그 여인은 그런 복을 지었기에 다시 공주로 태어난 것입니다. 그 당시 남편은 처음에 아내가 하는 일을 가로막았다가 나중에는 허락을 했습니다. 그 인연으로 처음에는 동냥질까지 하며 고생을 좀 하다가 나중에 공주를 다시 만나게 되고 그 덕택에 부자가 된 것이지요."

부처님의 긴 이야기가 끝이 났습니다.

"아, 그랬었군요. 인연과 업보란 그렇게 이어지는 것을…."

왕은 부처님께 절하고 일어섰습니다.

"오늘 들려 주신 말씀 깊이 명심하여 저도 이젠 남을 위해 일하는 일에 인색하지 않겠습니다. 그리고 딸을 찾아 인연의 끈을 다시 맺어야겠습니다."

"예, 나가보시지요."

왕은 문을 열고 밖으로 나왔습니다.

아, 거기 절 뜨락엔 언제 와 있었는지 공주 내외가 밝은 웃음으로 기다리고 있었습니다.

원효 대사는 불경 속에 나오는 듣기 좋고 재미있는 이야기들
을 골라서 해 주었다.

처음에는 웬 어줍지 않은 중이 와서 설법을 늘어 놓느냐고
대수롭지 않게 여기던 그들도, 두 번 세 번 거듭 듣는 동안, 어
느 새 원효 대사의 말에 귀를 기울이게 되었다.

원효 대사의 거룩한 모습과 자애에 넘치는 얼굴, 범할 수 없
는 위엄, 마음을 찌르고 마음을 후련하게 만들어 주는 이야기들
은 그들의 머리를 저절로 숙여지게 했다.

또한 이 스님이 신라에서 유명한 원효 대사임을 알고나서는
더욱 더 원효 대사를 따랐다.

"마음을 편안하게 가지시오. 마음 속에 있는 먼지와 때를 닦
아내면 이 세상 모든 것이 내 뜻대로 될 수 있다오."

"대사님, 마음의 때, 마음의 때 하고 말씀하시는데 도대체
그게 무엇인지요?"

누군가가 물었다.

"예. 마음의 때란 마음 속에서 일어나는 온갖 좋지 않은 생
각을 말하지요.

남보다 더 많이 갖고 싶어하는 욕심, 남을 미워하고 욕하는
시기심, 어리석음, 성내는 것 이런 것들을 모두 마음의 때라고
하지요."

원효 대사는 질문을 받으면 정성껏 설명해 주었다.

"잘 사는 사람, 지체가 높은 사람도 마음의 때를 씻고 깨달

구원의 길

음을 얻지 못하면, 마음의 때를 씻고 깨달음을 얻은 가난한 사
람보다 살아 있는 동안 지옥의 고통을 더 많이 받게 되는 것입
니다. 세상이 고해와 같다고 하는 말이 곧 이 말이니, 여러분도
마음의 때를 씻어 수행을 쌓아 깨달음을 얻어 보십시오. 누가
욕을 해도 그것이 욕으로 들리지 않고, 누가 좋은 음식을 먹어
도 먹고 싶거나 탐나거나 하지를 않습니다. 모든 게 마음먹기에
달린 것입니다.”

그리고 원효 대사는 의상 스님과 함께 당나라로 들어가다가
해골 바가지의 물을 먹던 이야기와, 뱀복이의 이야기, 문둥병자
와 함께 지내도 조금도 마음이 꺼림칙하지 않고, 아무 냄새도
코에 들어오지 않더란 이야기를 해 주었다.

“우리도 부처님 제자가 되고 보살이 될 수 있다는 말씀이신
지요?”

“그렇습니다. 불제자와 보살이 되는 사람이 따로 있는 것이
아닙니다. 누구나 부처님이 될 수 있는 마음을 타고난 것입니
다.”

“그럼, 저희들은 어떻게 하면 대사님의 뜻대로 될 수 있을까
요?”

“마음 속에서 일어나고 있는 모든 걱정과 욕심과 고통을 버
려야 합니다. 사람들의 모든 걱정과 근심은 욕심 때문에 일어나
는 것이랍니다.

그리고 성내는 마음도 버려 보십시오. 남의 잘못을 잘못으로
보지 말고 그럴 수도 있다고 이해해 보십시오. 훨씬 내 마음이
가벼워질 것입니다. 그리고 어리석기 때문에 여러 가지 걱정이

생깁니다.

어리석음을 버리기 위해서는 알아야 합니다. 부처님의 가르치심을 배워야 합니다.”

원효 대사의 설법은 누구나 알아듣기 쉬웠다.

듣는 사람들의 눈빛이 절로 빛나고, 얼굴에 화기가 떠돌았다.

부처님의 가르침을 알아들은 사람들의 얼굴에 도는 화기였다.

욕설을 받지 않으면

원효 대사는 어느 한 곳에 오래 머물지 않았다.

가난하고 어려운 사람들이 사는 곳마다 찾아가 그들의 마음에 불타의 불빛을 비춰 주고, 다시 또 중생 제도의 길에 나서곤 했다.

이와 같은 원효 대사의 하는 일은 곧 소문으로 퍼져 나가 신라의 불교계를 뒤흔들었다.

그를 따르고 존경하는 사람들이 있는가 하면 욕하고 비난하는 사람들도 많았다.

존경하는 사람들은 대개 서민들이었다.

그들은 원효 대사야말로 자기들의 고통을 진정으로 이해해 준다고 믿었다.

원효 대사는 인간 사회에서 버림을 받은 땅군 어머니의 장례에 가서, 수 많은 땅군들을 바른 길로 제도(생명이 있는 사람을 부처님 앞으로 인도해서 고해를 넘어 극락으로 가게 하는 것)했다.

보기만 해도 소름이 끼치는 문둥병자들을 제도해서 그들이 희망을 버리지 않고 남을 위해 희생하고 봉사하는 것을 가르쳐 주었다.

  게으르고 남과 잘 다투고 내일이라는 것을 모르던 온갖 거지들, 집집이 다니며 트집을 잡아 멀쩡하게 사는 사람들을 불안하게 만들었던 거지들을 일을 하면서 떳떳하게 살도록 만들었고, 몸을 앓고 고통을 당하는 자가 있으면 밤새 염불을 하면서 간호를 해 주었다.

  누구나 입으로 아미타불을 외우게 하여 스스로 마음을 다스리도록 만들었다.

  그랬다.

  원효 대사는 세상 사람들에게 버림을 받고 있는 사람들을 찾아다니며 부처님의 가르침을 얘기해 주고 희망을 주었다.

  "귀족이나 잘 사는 사람들 제도는 나 말고도 얼마든지 할 사람이 있다. 아무도 돌보지 않는 저들을 위해 몸바치는 것이 내 할 일이다."

  원효 대사는 늘 이런 생각으로 나섰기 때문에 그 일이 힘들다거나 어렵다고 생각하지 않았다. 모든 것이 마음에서 자연스럽게 나왔기 때문에 받아 들이는 사람들도 쉽게 가까이할 수 있었다.

  그들은 원효 대사를 마음 속 깊이에서부터 존경하고 따랐다.

  가난과 질병, 무지와 게으름, 시기, 질투, 체념 같은 것이 몸에 습관처럼 배어 있던 사람들도 원효 대사를 만나고 부터는 누구나 부처 같은 사람이 되려고 노력을 하고 수행을 쌓았다.

  "원효 대사야말로 산 부처다. 그렇지 않고서야 그 무시무시한 문둥이들과 어떻게 한 자리에서 음식을 먹고, 한 자리에서

욕설을 받지 않으면

잠을 자면서, 그들의 마음을 바르게 만들어 놓을 수가 있는가."

"이 나라에 불교가 들어오는 데 공이 컸던 분은 이차돈이었고, 우리 같은 백성들에게 불교를 가르쳐 주신 분은 바로 원효 대사다."

이런 소문은 원효 대사도 모르는 사이에 사람들의 입을 통해 물흐르듯이 번져 나갔다. 사실 원효 대사는 그런 소문이야 퍼져 나가든지 말든지 상관할 바가 아니었다.

오직 마음 속에서 일어나고 있는 일들을 묵묵히 실천해 나갈 뿐이었다.

날이 갈수록 원효 대사를 찾는 사람들이 많아졌다.

원효 대사를 추앙하는 신도들은 물론이거니와 불신도가 아닌 사람들도 원효 대사의 거룩한 행적을 보고 듣고 찾아왔다.

그래서 원효 대사는 더욱 바빠졌다.

'마음 속에 묻은 욕심, 어리석음, 성냄 따위의 온갖 때를 버리고 수행을 쌓아 불제자가 되려는 사람이 많아지면 불교가 융성해지고, 보살이 많아지면 불자들로서 더없이 기꺼운 일일 것이다.'

한편, 원효 대사를 시기하는 사람들도 적지 않았다.

"그것도 중이라고. 살생을 금하라는 부처님의 가르침을 어기고 고기를 먹는 자가 어떻게 남을 제도한담."

"공연히 불쌍한 사람들 구제합네 하고는 춤추고 노래하는 여자들이 있는 술집에나 드나들면서 대낮부터 벌겋게 술에 취해 비틀거리는 사람이 무슨 중이야."

"중은 중이었지만 파계중이지."

욕설을 받지 않으면

"그런 중을 망석중이라고 하는 거야."

그들은 원효 대사를 헐뜯는 말이라면 무슨 말이든 주저치 않고 해댔다.

"그나저나 이거 정말 큰 일 아닌가? 파계승을 따르는 무리가 점점 많아진다고 하니."

"걱정할 것 없지. 전부 거지 아니면 병자 투성이인 걸."

"서라벌에는 들어오지 말았으면 좋겠는데."

"나도 그게 걱정일세. 만약에 왕궁에서도 원효의 요설에 현혹되면, 신라의 불교는 망하고 마는 거야."

원효 대사와 마주치기만 하면 그 덕망과 실력과 위엄에 눌려, 말 한 마디 제대로 못하는 승려들이 뒤에선 이렇게 큰 소리를 치며 원효 대사를 없애야 한다고 소리를 높였다.

"대사님, 너무하지 않습니까? 대사님께서 그들에게 밥을 달라고 했습니까? 옷을 달라고 했습니까? 중생에게 자비심을 베풀어야 된다는 보살의 대자대비를 떠드는 저 자들이 왜 대사님을 헐뜯고 욕하고 비난하고 다닌답니까?

부처님의 가르침으로 이제 우리 같은 천하고 못난 사람들도 남을 미워하고 욕하고 시기하지 않는데 하물며 부처님의 가르침을 펴는 사람들이 저렇게 욕해도 됩니까?"

원효 대사를 헐뜯는 소리를 들을 때마다 그를 따르는 사람들이 흥분을 했다.

"가만 두어라. 그들이 욕한다고 나도 같이 욕하면 그들과 똑같은 사람이 된다. 그들이 욕을 하고 남을 미워하고 시기하는 그 업보로 다음 세상에서 그만큼 고통을 받는 것은 그들의 일이 아니더냐?"

원효 대사는 이렇게 말하면서 부처님 당시에 있었던 이야기를 들려 주었다.

부처님이 제자들에게 법을 가르치고 있을 때였습니다.

평소에 부처님이 하는 일을 못마땅하게 여기고 있던 사나이가 하나 찾아왔습니다.

그는 오자마자 부처님에게 욕설을 마구 퍼부었습니다.

마귀 같다느니, 귀신에게 잡혀 먹힐 악마라느니, 지옥에 떨어져 평생 동안 이글거리는 유황불이나 안고 있으라느니….

그래도 부처님은 아무 말도 않고 빙그레 웃으며 하던 일을 계속했습니다.

사나이는 더욱 입에 담지 못할 욕설을 퍼부어댔습니다.

그래도 부처님은 아무 대꾸를 해 주지 않았습니다.

제자들이 나서서 뭐라고 하려고 하자 부처님이 막았습니다.

한참 동안 욕설을 퍼붓던 사나이는 제풀에 지쳐 그 자리를 떠났습니다.

사나이가 돌아간 다음에 제자들이 물었습니다.

"그 사나이가 그렇게 욕설을 퍼부어대는데 부처님께서는 어찌 한 마디 대꾸도 안 하십니까? 좀 꾸중을 해서 다시는 그런 짓을 못하게 만들어야지요."

"다 소용없는 짓이다."

"네에? 왜 그렇습니까?"

"그가 욕설을 그렇게 퍼붓더라도 나는 받지 않으면 그만이니

까. 우리가 어떤 집을 방문할 때 선물을 하나 사가지고 갔다고
치자. 그 주인이 한사코 거절하고 그 선물을 안 받겠다고 하면
어떻게 되지?”

“…….”

“그러면 그 선물은 결국 가져간 사람이 다시 가져가야 한다.
조금 전에 온 그 사람도 나에게 선물을 가져온 것이었다. 욕설
이라는 선물을. 그러나 나는 그 선물을 받지 않았다. 그러니까
그 욕설이라는 선물은 다시 그 사나이가 고스란히 가져간 셈이
된다.”

제자들이 고개를 끄덕였습니다.

원효 대사가 서라벌에 들렀을 때였다.

일부러 서라벌을 찾아든 것이 아니라, 다른 지방으로 가기 위
해 서라벌을 지나가게 된 것이었다.

“원효가 서라벌에?”

“이크, 이거 큰 일 나지 않았나?”

평소에 원효 대사를 시기하는 승려들은 어떻게 하면 좋으냐
고 숙덕거렸다.

그들은 아무리 생각을 해도 자기들의 힘으로는 원효 대사를
서라벌에서 내 보내게 할 수 없었다. 그래서 그들은 불교가 무
엇인지도 모르고, 승려가 어떤 사람인지도 모르는 불량배들과
철없는 어린이들에게 돈을 주고, 만약 원효 대사가 서라벌에서
술집에 드나들고 고기를 먹는 것을 보게 되면,

“야아, 고기 먹는 중 봐라.”

"술 먹고 계집과 노는 중 간다. 저 봐라. 저 중이다."

"고기 먹고 술 먹는 중이 무슨 중이냐, 가짜 중이지."하고 원효 대사의 뒤를 따라다니며 야유하여 쫓아보내라고 시켜 두었다.

이런 일이 있는 줄은 꿈에도 모르는 원효 대사는 처음 머리를 깎고 중이 된 분황사로 가서, 부처님께 인사 예배를 드리고 난 다음, 대안 스님을 찾았다.

"아이구, 이게 뉘시오? 원효 대사가 아니오."

대안 스님은 반갑게 원효 대사를 맞아 주었다.

"대사는 무슨… 소성 거사를 보고. 법사님, 오랫 만이옵니다."

"소문은 들었소, 고맙소이다. 나는 몸이 늙어 돌아다니질 못하는데, 대사가 다 해 주고 다니니 내 맘과 몸이 편하구려."

"부끄럽습니다. 무엇을 했다구요."

"소문이 들리는 걸."

"헛소문일 겁니다."

"허허허, 헛소문이라… 거리의 수 많은 부처께서 헛말씀을 퍼뜨리셨을라구요, 허허허."

"갑자기 부끄러워지고 입 안에 침이 다 마를 지경이옵니다. 그런 말씀 거두십시오."

"허허허, 됐어 됐어. 그만하면 대사도 참 중이야. 참 중…."

"법사님을 따르려면 아직도 멀었습니다. 가르쳐 주시옵소서."

"허허허. 이 번엔 내 입 안에 침이 다 마르는군."

"헛헛헛."

원효 대사는 나이도 대안 스님보다 젊지만 타고난 음성이 우렁찼으므로 웃음 소리도 호탕했다.

"어떻소? 둘이 다 입 안이 마르니 한 잔 마시러 가 볼까? 오랫 동안 만나지 못했으니."

"그러시죠."

원효 대사와 대안 스님은 그 전날 같이 드나들었던 술집으로 찾아갔다.

원효 대사와 대안 스님은 호쾌한 마음과 즐거운 마음으로 주거니 받거니
술을 마셨다.

"중생을 이해 못하고야 어찌 부처님의 가르침을 전달할 수 있겠소? 중생에게 뛰어들어야 참된 가르침을 펼 수 있는 법이지."

"그렇사옵니다. 이 모든 것이 다 법사님의 가르침이었습니다."

"또 그 소리… 다 인연이라는 게요. 대사와의 만남이란 것도, 만나서 이렇게 가까이 있는 것도 다 인연따라 흐르는 것인데 내가 대사를 가르쳤다는 것은 말도 안 되지."

"법사님 때문에 불법에 들어섰고, 법사님이 가르쳐 주셨기 때문에 이렇게 술도 마시고 하지 않습니까?"

"술 마시는 것을 가르쳐 주었다는 것은 맞는 말인지 몰라. 하하하"

그들은 유쾌하게 술을 마셨다.

한참을 유쾌한 마음으로 술을 마시고 나온 두 사람은 다시 헤어졌다.

"만나고 헤어짐은 사람이 나고 죽는 것과 같은 것이지요. 다시 만나기 위해 헤어지는 것이니까 더 따라오지 말고…."

대안 스님이 손을 내저으면서 저 쪽으로 휘적휘적 걸어갔다.

손에 든 방울에서는 여전히 딸랑딸랑 소리가 났다.

대안 스님의 모습이 집 모퉁이 저 쪽으로 사라지자 원효 대사도 발걸음을 떼어 놓기 시작했다.

그 때였다.

"으하하하."

"아하하하."

갑자기 등 뒤에서 여러 사람의 웃음 소리가 들려 왔다.

원효 대사는 그대로 못 들은 척 앞만 보고 걸었다.

"야아! 저 엉터리 중 봐라."

어린 아이의 목소리였다.

"대낮부터 술이 취해 얼굴이 시뻘겋게 하고 다니는 가짜 중이다!"

이 번에는 사나이의 거친 목소리였다.

욕설을 받지 않으면

원효 대사는 고개를 돌려 힐끗 뒤를 돌아다 보았다. 뒤에서 웃음을 터뜨리고 조롱하는 소리가 원효 대사 자기를 가리킴을 알았던 것이다.

"저 가짜 중 좀 봐요. 대낮부터 술집에서 고기 안주에다 술 먹고 놀다 나오는 중이요."

험상궂게 생긴 사나이가 고래고래 소리를 질러댔다.

지나가던 사람들이 걸음을 멈추고 원효 대사를 바라보았다.

"오, 나무 아미타불."

원효 대사는 속으로 중얼거리면서 합장을 했다. 아직 깨달음이 없는 사람들의 마음의 때가 씻겨지기를 기원했다.

"야아, 저 꼴 좀 봐라. 술이 잔뜩 취해 가지고 합장을 하고 중얼거리는 꼬락서니를."

"술이나 먹는 가짜 중…."

"고기 먹고 염불하는, 가짜 중, 엉터리 중…."

그들은 원효 대사가 움직이는 대로 따라오며 입을 모아 노래를 불렀다.

"헛헛헛헛."

원효 대사는 호탕한 웃음을 터뜨리고 걸었다.

불량배와 아이들은 역시 원효 대사의 뒤를 따르며 야유를 그치지 않았다.

그들은 돌을 던지기도 하고 흙을 뿌리기도 했다.

"아니, 대사님, 원효 대사님 아니십니까?"

갑자기 누군가가 원효 대사 앞으로 나서며, 합장하고 허리를 굽히는 사람이 있었다.

욕설을 받지 않으면

전부터 원효 대사를 따르던 신도였다.

"아아! 지연 신도님이시군요."

원효 대사도 같이 합장하고 인사를 했다.

"예, 대사님, 대사님을 뵈려고 사라사로 갔더니 중생 제도에 나섰다고 하는 바람에 못 만나뵙고 이렇게 돌아오는 길이었습니다."

"그러셨나요? 미안합니다."

그 때 뒤따라오며 야유를 하던 불량배 하나가 지연이란 사람 앞을 가로막았다.

"왜 그러시오?"

지연이 물었다.

"당신은 눈이 없소? 귀가 먹었소?"

"뭐요?"

"봐요, 이 사람이 중인가 아닌가? 대낮에도 술을 마시고 거리를 다니는 사람을 진짜 중인 줄 알고 합장하고 허리를 구부리고 이게 무슨 얘기요?"

공연한 생트집이었다.

어안이 벙벙해진 지연이란 사람은 물끄러미 자기 앞을 가로막는 불량배를 바라보았다.

"공연한 트집 말고 비켜 서시오. 당신이 원효 대사님을 스님으로 여기든 아니 여기든 나는 산 부처님 같은 스승으로 모시는 사람이니까 참견 마시오."

"뭐라구 산 부처 같은 스님이라구?"

"그렇소."

"부처님이 술 먹고 고기 먹습니까?"

"술 먹고 고기 먹으면 안 된다고 누가 그럽디까?"

지연이도 참지 못하고 불량배에게 대들었다.

원효 대사가 지연의 앞을 막아섰다.

"상관하지 말아요. 아직 마음 속의 어리석음과 욕심과 남을 미워하는 때를 씻지 못해 남이 시키는 일이 잘하는 일인지 못 하는 일인지 모르고 있소."

시비를 걸던 불량배가 깜짝 놀랐다.

'아니, 내가 시켜서 이 짓을 하는지 어떻게 알았지? 옳아, 저 분이 그 유명한 원효 대사… 아이구, 남의 마음을 훤하게 꿰뚫 어 보고 있구나.'

시비를 걸던 불량배는 그만 땅바닥에 무릎을 꿇고 넙죽 업드 렸다.

"대사님, 잘못했습니다. 저희들이 미처 대사님을 몰라뵙고…."

대장격인 그가 무릎을 꿇자 뒤따르던 다른 사람들도 모두 그 뒤에 꿇어 앉았다.

"대사님, 잠깐만 저의 집으로 가시지요."

"살 길이 바쁘오."

"그럼, 여기에서라도 한 말씀 들려 주십시오. 대사님 말씀을 오랫 동안 못 들으니 씻겼던 마음에 때가 다시 묻는 것만 같습 니다."

간절한 소망이었다.

원효 대사는 간절한 불신도의 소망을 물리칠 수 없었다.

미로에서 헤매는 중생을 제도하는 것도 불제자의 크나큰 일이거니와, 이미 부처님 앞으로 나온 신도의 마음이 안정을 잃으려 할 때, 그 마음을 바로잡아 주는 것도, 또한 불제자가 할 일의 하나였다.

"그럼…."

원효 대사는 지연을 앞에 서게 하고 엎드린 불량배들에게 마음 속에 일어나는 온갖 좋지 못한 일을 버리라고 했다. 남을 헐뜯지 말고 남을 위해 좋은 일을 하라고도 했다. 그래야 마음이 편해지고 삶에 즐거움이 있다고 했다.

원효 대사는 그들에게 한바탕 이야기를 해 주고는 다시 고향으로 돌아왔다.

그리고 틈을 내어 불경을 쉽게 번역해 내는 일을 했다.

염불을 하고 참선을 하면서 해 나가는 일이지만, 원래가 달필이고 속필인 원효 대사는 두어 달이면 한 권의 책자를 만들어 내고 불경을 주해해 놓는 것이었다. 어떨 때에는 한 달에 책 한 권을 완성해 놓기도 했다.

그러면서도 누가 찾아와 설법을 청하면 그들이 모여 있는 곳으로 가서 며칠씩 설법을 강해 주었다.

여전히 그의 문 앞에 찾아오는 사람은 거지, 불량배, 문둥병자, 땅꾼들 같은 천대받고 고통받는 사람들이 대부분이었다.

그 무렵 서라벌 안에는 원효 대사가 도적들의 두목이 되었다는 소문이 쫙 퍼졌다.

원효 대사는 상관하지 않았다.

그런데, 그 소문은 날이 갈수록 더했다.

실제로 그 무렵에 바람복이라는 도적이 태백산을 소굴로 하

욕설을 받지 않으면

여 수백 명의 무리들을 거느리고 도적질을 하고 있었다. 그들은 백성들의 원성을 사는 부자나 벼슬아치들의 집을 털면서,『내가 누구인지 알아보려면 원효에게 물어보라.』라는 글귀를 벽에 붙여 놓고 달아나곤 했기 때문에 그 소문은 더욱 더 빨리 퍼져 나갔다.

"하하하하… 천하의 원효가 이제는 도적의 두목이 되었구려."

거리에서 만난 대안 스님이 입을 크게 벌리고 웃어제꼈다.

"그러기에 말입니다. 그들은 왜 재물을 털어가면서 제 이름을 팔았을까요?"

"까닭이 있을 겝니다. 대사를 만나 할 이야기가 있다든지…."

그 때 무애암에 있던 의명 스님이 허겁지겁 원효에게로 달려 왔다.

"대사님, 큰일 났습니다. 요석 공주님과 설총 아기가 바람복이라는 도적떼에게 잡혀 갔습니다."

"뭐라고?"

원효 대사는 크게 놀라 눈을 휘둥그레 떴다.

"옳거니, 바람복이라는 도적놈들이 왜 대사의 이름을 팔고 다니나 했더니 그 놈이 요석 공주에게 마음을 품고 있었군요."

대안 스님이 고개를 끄덕였다.

"그래, 도적놈이 몇 명이나 되더냐?"

"스무 명이 넘었습니다. 처음에는 소승도 밧줄로 묶어 끌고 가려고 하더니 두목이 저를 풀어 주면서 빨리 대사님에게 알리라고 했습니다.”

의명 스님은 아직도 떨고 있었다.

“너, 너무 염려하지 말고 여기 있거라. 내가 그 놈을 만나고 오겠다.”

“그 자가 어디 있는지 대사님이 어떻게 아시고…?”

“너를 놓아 준 것이 나를 만나려고 한 짓일 테니 어디론가 가다가 보면 틀림없이 제 발로 나타날 것이다. 법사님, 아무래도 다녀와야겠습니다.”

원효 대사는 대안 스님에게도 고개를 숙여 보이고는 휘적휘적 걷기 시작했다.

“조심하시오. 그 놈도 보통 놈은 아닌 것 같소.”

대안 스님이 뒤에서 소리를 질렀다.

원효 대사는 한 번 뒤를 돌아보면서 손을 흔들었다.

걱정하지 말라는 듯이.

며칠 동안 계속 걸었다.

어느 날 밤이었다.

잠시 걸음을 멈추고 어디 잠자리라도 있나 하고 살피고 있는데 어둠 속에서 아주 가냘픈 피리 소리가 들려왔다.

원효 대사는 소리가 들리는 쪽을 향해 걸어갔다.

피리 소리는 끊어졌다 이어졌다 하면서 계속 들려왔다.

원효 대사는 어둠 속을 헤치면서 피리 소리를 따라갔다.

산모롱이를 돌고 시내를 건넜다.

어느 산등성이에 오르자 갑자기 피리 소리가 멈추면서 불빛

하나가 보였다.

원효 대사는 불빛이 있는 쪽을 향해 바삐 걸어갔다.

어둠 속에서 불쑥 한 사나이가 나타났다.

"어서 오십시오. 대사. 내가 피리 소리를 내어서 대사님을 유인했습니다. 나는 내일 쯤에나 오실 줄 알았는데 오늘 나타나시다니 조금은 뜻밖입니다. 사람들은 흔히 나를 피리 소리라고 부르지요. 자, 내 뒤를 따르십시오."

원효 대사는 그 사나이를 따라갔다.

날이 거의 밝을 무렵이 되어서 그 사나이는 어느 집 대문을 열고 들어갔다. 산 속에 있는 집치고는 으리으리한 기와집이었다.

"공주와 아기는 편안하게 있으니 내일 아침에나 만나시지요."

"그렇소? 그럼 잘 되었소. 밤을 새워 걸었더니 다리가 아파서 좀 쉬어야겠다고 생각했는데."

원효 대사는 다음 날 아침까지 자고 한 나절이 거의 다 되어 일어났다.

사나이가 아침상을 차려 가지고 나왔다.

원효 대사는 아무 말 없이 아침을 먹었다.

"원효 대사."

"원효 대사라고 부르지 마시오. 나는 소성 거사라고 이름을 바꾼 지 오래요."

"그래도 저는 원효 대사라고 부르겠습니다. 우리 나라 최고의 스님을 그렇게 바꾸고 싶지 않아서요. 그건 그렇고 여기가 어디이고 우리가 어떤 사람인지 짐작하고 있습니까?"

사나이가 물었다.

욕설을 받지 않으면

"그야 뻔하지요. 당신은 도적놈이고 이 곳은 도적놈들 소굴
이 아니오."

너무나 직선적인 원효 대사의 말에 사나이가 펄쩍 뛰었다.

"에이 무슨 말씀을 그렇게…?"

"그럼 아니란 말이오? 무릇 남의 물건을 한 번 훔친다 해도
이 다음에는 소가 되어 평생 동안 죽도록 일을 한다고 했는데,
여기 있는 사람들은 아마 그 업보를 벗어나기 어려울 것 같소.
남의 물건을 훔친 일이 어디 한두 번이라야 말이지요."

사나이가 화가 나서 얼굴이 푸르락 불그락 했다.

"아니, 점점 더 심한 말씀을 계속 하실 겁니까?"

"더 심한 말도 있소. 그러나, 지금은 그런 일로 시간 보낼 여
유가 없으니 어서 바람복이나 만나게 해 주어서 우리 식구들이
나 찾아가게 해 주시오."

원효 대사가 재촉을 했다.

"홍, 어디 그게 뜻대로 될 것 같소?"

"뜻대로 안 되다니, 내 식구 찾아가는 일에 내 뜻이면 되었
지 남의 뜻이 왜 필요하오?"

"하하하하… 원효 대사님이 도력이 워낙에 높아서 모든게
자신만만한 모양인데 이 번에는 맘대로 안 되겠소이다. 여기는
사람의 목숨을 파리만도 못하게 취급하는 대사님의 말대로 도
적들의 소굴이외다. 더구나, 우리 두령님은 요석 공주님에게 마
음이 있는데, 대사님이 남편이라, 남편이 있는 여인은 함부로
어쩔 수가 없으니까 대사님을 죽여 없애야만 된다고 생각하고
대사님을 이렇게 유인해 왔거든요."

욕설을 받지 않으면

사나이는 짐짓 웃으며 말했지만 아직도 원효 대사의 말에 모욕을 느끼고 있어서 얼굴이 시뻘건 채로 말했다.

"그 바람복이라는 자가 나를 없앤다고? 원, 지나가던 고양이도 웃을 소리를 하고 있소. 바람복이가 도대체 무슨 재주로 나를 없애? 그대들은 이 곳에 수백 명의 부하들을 믿고 큰 소리 치나 본데 나에게도 당신 눈에는 보이지 않는 수천 분의 신장님이 있고, 금강역사가 있어 나를 보살펴 주고 있소. 여러 소리 할 것 없고 어서 바람복인지 뭔지 하는 자에게 나를 안내하시오."

사나이는 다시 자존심이 상해 어쩔 줄을 몰랐다.

"그렇다고 이 시퍼런 칼이 당신 목에 들어가지 않을까?"

사나이가 벽에 걸린 칼을 내렸다.

"그렇소? 그럼 어디 쳐 보시오. 시험 한 번 해 봅시다."

사나이는 눈을 부릅뜨고 한 동안 원효 대사를 노려보다가 벌떡 일어섰다.

"따라오시오."

"진작에 그럴 것이지."

그들은 집에서 나왔다.

집에서 얼마 떨어져 있지 않은 곳에 샘이 있었다.

바위 틈에서 맑은 물이 퐁퐁 솟아나와 고이고 있는 샘이었다.

"옳거니, 이 물이 여기 있는 도적들의 공동 우물이렷다."

원효 대사는 이렇게 중얼거리고는 들고 있던 지팡이로 물이 솟아나오는 구멍을 힘껏 두들기며 말했다.

"이 고약한 물을 먹은 중생이 마음을 고쳐서 불도에 들기 전에는 다시는 솟아나지 말지어다."

욕설을 받지 않으면

그러자, 지팡이 끝에서 시뻘건 불꽃이 번쩍 일어나며 금방 퐁 퐁 솟아오르던 물이 딱 그쳤다. 고였던 물도 순식간에 말라버리고 말았다.

"아니…?"

기가 질린 사나이가 눈을 크게 떴다.

"놀랄 것 없소. 여기 있는 자들이 다 마음만 고치면 다시 솟아나게 되어 있으니까."

얼마 동안 올라가 조그만 고개를 하나 넘었다.

널찍한 벌판이 하나 있었고, 늙은 소나무로 둘러싸인 곳에 대궐만큼 커다란 기와집들이 서 있었다.

"아주 대궐 하나를 만들어 놓았군."

원효 대사가 혼잣말로 중얼거렸다.

집 주위에는 창과 칼을 든 수십 명의 군사가 질서 있게 집을 호위하고 있었다. 원효 대사는 창칼을 든 사나이들 사이로 조금도 두려워하지 않고 뚜벅뚜벅 걸어 들어갔다.

"아이구, 이렇게 누추한 산골까지 오시게 해서 실례가 많았소, 어서 오시오, 대사."

바람복이가 뜰 아래까지 내려와 원효 대사를 맞았다.

임금 복장을 한 사나이였다. 한눈에 보아도 아주 훤하게 잘생긴 얼굴이었다.

"이 좋은 산 속이 도인들의 수도하는 터가 되지 못하고 도적의 소굴이 되었다니 안타깝소. 그리고 장군을 대하니 그 뛰어난 인물로 나라를 위해 일한다면 능히 수천 명을 거느릴 장군 상인데 어찌 이런 산골에서 도적들의 두목이 되었소?"

욕설을 받지 않으면

원효 대사는 자리에 앉자마자 바람복이를 보고 말했다.

"아니, 대사. 아무리 사실이 그렇기로 남의 집에 와서 너무 심하지 않소?"

바람복이는 처음부터 기분이 상했다.

"우리 부처님께서는 거짓말을 하지 말라고 가르쳤다오. 사실대로 말했을 뿐이오."

"알았소. 그렇다면 용건을 이야기하지요."

그 사이에 하녀들이 차를 내어왔다.

향긋한 냄새가 방안 가득 퍼졌다.

"으음, 아주 맛있는 차로군. 그렇지 않아도 밤새 걸었더니 목이 마른 참이었는데…."

원효 대사는 앞에 놓인 찻잔을 들어 차를 마셨다.

"대단하시오. 여기가 도적들의 소굴인 줄 알면서 우리 음식을 그렇게 마음 놓고 자시오?"

"우리 불제자들은 남을 의심하지 않소. 그리고 불제자를 한 빈 공양한 공덕으로 지옥고를 면한다고 했으니 내 그대를 위해 이렇게 받아 들이고 있소."

"내가 대사를 이 곳으로 유인한 것도 대사를 죽이고 대사의 요석 공주를 빼앗으려고 하는 일이거든 그래도 마음이 놓이오? 독이 들었을지도 모를텐데…."

"하하하하… 그대 같은 위인이 겨우 그런 식으로 내 목숨을 빼앗아 가겠소?"

바람복이는 속으로 움찔 했다.

옆에서 지켜 보던 피리소리라고 하던 사나이가 칼을 빼어 들

욕설을 받지 않으면

고 원효 대사의 머리 위를 겨누었다.

"이 자가 목이 떨어져야 입을 닥칠 텐가."

"아서라!"

바람복이가 손을 들어 말렸다.

"자, 나도 바쁘고 대사도 바쁜 몸일 터, 결론부터 이야기하리다. 요석 공주를 내게 주시오."

"못하겠소."

"왜?"

"당신 같으면 주겠소?"

"그럼, 대사를 죽여서라도 빼앗아야겠소."

"나는 당신 손에 죽지도 아니하거니와 나를 죽인다고 해도 공주는 안 될 거요."

"어째서?"

"당신과 공주의 거리가 너무 멀어서. 공주는 하늘 위에 있고, 당신은 저 지옥 속에서 허우적거리고 있을 텐데 어떻게 손에 닿겠소?"

"아니, 뭐야? 이 중놈이 듣자듣자 하니까."

바람복이가 얼굴이 시뻘개지며 화를 버럭 냈다.

"…?"

"여봐라! 기름 가마가 끓고 있느냐? 이 자를 끌어다가 뼈가 흐물흐물하도록 삶아라!"

바람복이가 소리를 지르자 창칼을 든 사나이들이 우르르 달려들어 원효 대사를 끌고 밖으로 나갔다.

"관세음보살."

욕설을 받지 않으면

“관세음보살이 끓는 기름가마에 얼음이라도 얼리나 보자.”

원효 대사는 사나이들에게 끌려 기름이 가득 든 가마솥이 있는 곳까지 왔다.

그러나 바람복이의 부하들이 가마솥에 불을 붙이기 위해 부싯돌을 켜도 불이 일어나지 않았다.

“아니, 이것들이 그까짓 거 하나 못 켜고….”

바람복이가 달려 들어 부싯돌을 빼앗아 두드려 보았다.

여전히 불꽃만 튀고 불이 일어나지 않았다.

몇 번이나 계속했다.

그러다가 갑자기 불이 확 일어나는 바람에 그의 수염에 불이 붙었다.

“앗 뜨거워!”

욕설을 받지 않으면

바람복이는 얼른 부싯돌을 던지고 손으로 수염에 붙은 불을 껐다.

던진 부싯돌은 옷자락에 떨어져 옷을 조금 태우고는 꺼져 버렸다.

"에잇!"

바람복이는 발로 부싯돌을 차 날려 버리고 공주와 아이를 끌고 오라고 했다.

그는 끌고 온 공주의 머리에 칼을 겨누더니 힘껏 내리쳤다. 그런데, 원효 대사의 지팡이가 먼저였다.

바람복이의 칼을 지팡이가 가로막자 칼이 두 동강이가 나서 땅바닥에 굴렀다.

"아니, 이게⋯."

바람복이는 옆에 있던 피리소리의 옆구리에 있는 칼을 뽑아 원효 대사의 머리를 향해 내리쳤다.

그러나, 칼은 또 다시 두 동강이로 갈라졌다.

"아니⋯."

바람복이가 두 눈을 휘둥그렇게 뜨고 원효 대사를 바라보았다.

그제서야 그는 원효 대사의 몸을 감싸고 있는 둥근 빛을 보았다.

아무도 접근할 수 없는 밝고 환한 빛이었다.

"용서하시옵소서. 소인 눈이 어두워 진정으로 이 나라의 빛이신 어른을 몰라뵈었습니다."

바람복이가 무릎을 꿇었다.

그러자, 다른 부하들도 모두 들었던 칼을 버리고 무릎을 꿇었다.

용설을 받지 않으면

"내 처음 만났을 때에도 말했소. 당신은 이런 곳에서 도적들이나 거느리고 있을 사람이 아니오. 서라벌로 내려 가시오. 숱한 장정들을 부하로 거느릴 장군이 될 수 있소. 힘과 칼은 바른 길을 위해서 쓰면 복이 되는 것이고, 옳지 못한 곳에 쓰면 화가 된다고 했소. 내려 가시오. 이 소굴을 불질러 버리고 내려 가시오."

며칠이 지났다.

어떻게 알려졌는지 서라벌 거리에는 원효 대사가 바람복이를 제자로 만들어 성 안으로 들어온다는 소문이 널리 퍼졌다.

그것은 소문이 아니라 사실이었다.

원효 대사는 그들을 데리고 곧장 서라벌로 내려와 김유신 장군에게 인도해 주었다.

"그 동안 너희들이 저지른 죄는 죽어 마땅하나 진정으로 너희들이 죄를 빌고 자수를 해 왔기에 대왕 마마께옵서도 특별히 용서를 하시면서 충성을 다하라고 일렀으니 그리 알고 맡기는 임무를 다하라!"

이렇게 하여 바람복이는 서당 장군으로 임명되었고, 다른 두 목들도 장수가 되어 나랏일을 맡게 되었다.

이들은 나중에 삼국을 통일할 때 앞장서서 싸운 장수들이 되었다.

금강삼매경

몇 해의 세월이 지나갔다.

임금인 태종 무열왕은 전 임금 선덕 여왕이나, 진덕 여왕 못지 않게 불교에 열심이었다.

때때로 학문 높은 스님들을 청해 설법회를 베풀고 임금은 물론 왕후, 태자, 공주 그리고 궁 안에 살고 있는 모든 왕족과 벼슬아치들과 한 자리에서 설법을 듣는 것을 즐겨 했다.

그러던 어느 날 당나라로 들어갔던 어느 스님이 『금강삼매경』을 얻어 가지고 와서 태종 무열왕에게 바쳤다.

신라에는 아직껏 볼 수 없었던 불경이었다.

임금은 그 책을 펼쳐 보았으나, 무슨 말인지 도무지 알 수가 없었다.

임금은 서라벌에 있는 절에서 불경을 잘 안다는 스님들을 불러들여 『금강삼매경』을 해석해 보라고 했다.

그러나 학문 높은 스님이라고 일컬어졌던 스님들도 처음 보는 불경이라 선뜻 해석을 못해냈다.

다른 스님들이 불려 왔으나 마찬가지였다.

"모르겠는가?"

무열왕은 답답해서 물었다.

"황송하옵니다."

"음! 아무리 좋은 책이 있으면 무얼 하나? 우리 말로 읽혀지지 않으면 한낱 종이쪽에 불과한 걸."

또 다른 스님이 들어왔다.

그도 역시 같았다.

그럴 수 밖에 없는 일이었다.

그 『금강삼매경』은 인도의 범어로 된 것인데, 그것을 당나라 고승이 번역을 해 옮겨 놓은 것이기 때문에, 학문에 두루 뛰어나고 불경을 많이 익히지 않은 사람으로서는 해석할 수가 없는 것이었다.

"아니 우리 나라에서 그렇게 뛰어나다고 하는 스님들이 이것 하나 제대로 번역해 내지 못한단 말인가?"

임금은 땅을 치며 탄식을 했다.

"대안 스님이라면 혹시…."

누군가가 대안 스님을 추천했다.

무열왕은 당장에 대안 스님을 불러들였다.

"당나라에서 얻어 온 불경인데, 도무지 해석하는 승려들이 여태 아무도 없었소. 나라의 학문 수준이 겨우 이것 밖에 안 된다니 정말 한심한 일이오. 정말 신라에선 이것을 해석할 만큼 학문을 익힌 스님이 하나도 없단 말이오?"

대안 스님이 『금강삼매경』을 펼쳐서 한참 들여다 보더니 고개를 끄덕였다.

"역시 대사로군요."

무열왕이 대안 스님이 고개를 끄덕이는 것을 보고 그가 해석을 할 수 있는 줄 알고 반가워했다.

"소승이 아니옵니다. 이 일이라면 원효 대사가 능히 할 수 있을 줄 아옵니다."

"원효 대사?"

임금은 깜짝 놀랐다.

자기 딸인 요석 공주와 며칠 동안 지내다가 훌쩍 떠나버린 원효 대사가 그 일을 할 수 있다니.

"그렇습니다. 워낙에 어려운 경이라 원효 대사가 아니면 이 글을 해석할 만한 중이 없을 줄 아옵니다."

"으음. 그는 지금 어디에 있소?"

"압량군 불지촌에서 중생들에게 법을 가르쳐 주고 있을 것이옵니다."

"압량군 불지촌이라…? 부르면 당장에 올까?"

"임금의 청을 어찌 거역하리이까."

"그러면 대사가 서한 한 장을 써 보내 주시오. 나의 부탁이라 하고."

"예."

대안 스님은 그 자리에서 원효 대사에게 편지를 썼다.

『금강삼매경』이 어려운 경이라서 해석하는 사람이 없으니 와서 읽어 보고 해석해 보라는 뜻의 편지를 썼다.

원효 대사는 서라벌로 가는 것이 탐탁치 않았다.

특히 임금의 청이라고 하니 더욱 그랬다.

임금이란 말만 들어도 요석 공주가 떠올랐다.

그것은 아직도 아픔이었다.

그러나, 당나라에서 새로 가져 왔다는 불경을 읽어 보고 싶은 욕심으로 서라벌로 올라왔다.

원효 대사는 대안 스님의 안내로 태종 무열왕을 뵙고 『금강삼매경』을 받아 들었다.

책을 펼쳐서 훑어 보았다.

"풀이해 볼 수 있겠소?"

임금이 물었다.

"소승 재주와 배움은 부족하오나, 하명하시오면 정성껏 풀이해 볼까 하옵니다."

"부탁하오. 새로 얻어 온 불경이라 진정 무슨 말이 씌어 있는지 알고 싶구려."

"예."

원효 대사는 『금강삼매경』을 들고 몸을 일으켰다.

일어나서 돌아가려는 것이었다.

"대사, 잠깐만…."

임금이 원효 대사의 옷자락을 잡았다. 원효 대사는 도로 앉으며 임금을 바라보았다.

"술을 한다면서?"

"하는 정도가 아니라, 말 술입니다."

옆에 있던 대안 스님이 원효보다 먼저 대답을 했다.

"그래? 그렇다면 시골에서 올라오느라고 목이 좀 컬컬했을 터인데 술이나 한 잔 하고 가오."

임금은 시녀들에게 시켜 술상을 내어오라고 했다.

　원효 대사와 대안 스님은 임금이 내리는 술과 고기를 먹었다.

　임금 앞이라도 어려워하는 빛이 조금도 없이 땅군패나 문둥이들과 음식을 먹을 때와 다름없이 편안한 마음으로 음식을 먹었다.

　"법사님, 더 드십시오."

　"대사께서 더 드시오.

　그들이 조금도 어려워하지 않고 음식들을 먹는 것을 보고 임금은 절로 고개를 끄덕거렸다.

　원효 대사는 분황사로 들어갔다.

　임금이 어느 절에서 하면 좋겠느냐고 물었을 때, 연고가 있는 분황사가 좋겠노라고 했던 것이다.

　임금은 벌써 많은 쌀과 음식과 종이 따위를 분황사로 보내어 원효 대사가 불경을 번역하는 데 어려움이

없도록 배려해 주었다.

또 소문이 퍼졌다.

자기들은 읽어 보지도 못하고 있던 어려운 불경을 원효 대사가 풀기 위해 분황사에 와 있다는 소문을 듣고, 평소에 원효 대사를 시기하는 승려들은 다시 숙덕거리기 시작했다.

"제까짓 게 뭘 안다고 『금강삼매경』을 푼다고 대드는 거야."

"서라벌 술 생각이 나서 올라왔겠지."

"누가 알아? 불경 공부는 좀 했다니까 혹시 비슷하게 만들어 놓을는지."

"만들어 놓긴 뭘 만들어 놓아. 서라벌에 오고 싶으니까 공연히 큰 소릴 치고 온 거지. 두고 보라구. 아마 한 동안 나라에서 대주는 돈으로 흥청거리고 놀다가 아무래도 풀 수가 없습니다 하고 내 놓고 갈 걸."

"두고 보면 알 텐테 뭘 그래."

그들은 아직도 제 정신을 못 차린 사람들이었다.

사람들의 숙덕 공론이 밖에서 돌건 말건 원효 대사는 전과 다름 없는 호방하고 자유로운 태도로 나날을 보냈다.

처음 며칠은 분황사 조그만 방 안에서 『금강삼매경』 해석의 붓을 들었다.

그러나, 금방 답답하다는 생각이 들었다.

'굳이 방 속에 들어 앉아서 해야만 되나? 밖으로 나돌아 다니면서도 하는 수는 없을까? 이따금 대안 스님과 만나 마음을 터놓고 떠들어가면서 말야.'

원효 대사는 밖으로 나다니면서 『금강삼매경』 해석의 일을 할 수 있는 방법을 생각했다.

'옳거니! 그렇게 하면 되겠군.'

원효 대사는 시골에서 서라벌로 올 때 타고 온 소를 생각했다.

원효는 즉시 마굿간에 매어 둔 소의 두 뿔 사이에 조그만 상을 올려 놓고 흔들리지 않게 목을 묶었다.

"뭐하시는 것입니까?"

스님들이 지나가면서 물었다.

"야외 공부방을 만드는 중이외다."

"네에? 야외 공부방이라구요?"

대답을 듣는 스님들은 모두 입을 딱 벌리면서 고개를 갸웃거렸다.

그들의 눈에는 엉뚱한 짓이었고, 불가능한 일로 보였다.

"자, 됐다. 너, 이 녀석 고삐 풀린 망아지처럼 뛰면 안 된다. 너는 큰 공덕을 짓는 거야. 불경을 날마다 등에 지고 다니니 이 공덕으로 다음 세상에는 불제자가 되어 법을 펴는 사람이 될 거야. 아니면 많은 사람들의 어려움을 도와주는 남의 존경을 받는 사람으로 되든지…."

원효 대사는 친구에게 말하듯이 다정하게 중얼거렸다.

그 날부터 원효 대사는 소 잔등에 올라타고 불경 번역하는 일을 했다.

먹을 갈아 붓에 묻히고, 번역되는 대로 쓰고….

방 안에 앉아서 글씨를 쓰는 것보다도 훨씬 빨리 썼다.

"허허허허… 역시 대사야. 그럼, 그래야지, 답답하게 방 안에서 글을 쓸 수야 있나?"

대안 스님이 이 같은 원효 대사를 보고 호탕하게 웃었다.

"시골과 달라 방 안에선 답답해서 글을 쓸 수가 없더군요. 바깥 바람을 쐬어야 잘 풀릴 것 같아서요. 또 같은 서라벌 땅에서 살면서 대안 스님을 만나지 않으니 그도 좀이 쑤시고요."

"허허허허… 그렇다면 잘 되었소."

"목이 컬컬하십니까? 한 잔 하셔야겠네요?"

"역시 내 마음을 알아주는 사람은 원효 하나밖에 없어."

"가시죠."

원효 대사는 소 잔등에서 뛰어내려 대안 스님과 술집으로 들어갔다.

그 사이에 소는 등에 불경 번역 자료를 지고 마굿간에서 얌전하게 기다렸다.

원효 대사를 시기하는 승려들은 그것 보라는 듯이 들고 일어났다.

"그 따위 파계승이 그 어려운 『금강삼매경』을 어떻게 풀이한다고, 상감께선 어줍잖은 그에게 이런 중책을 맡기셨을까?"

"누가 아니래? 이제는 별 희한한 꼴을 하고 다닌답니다. 소 잔등을 타고 돌아다니면서 번역을 한다나요."

"불경을 무시하고 우습게 알아도 분수가 있지. 그러다가 그 귀한 불경책을 마굿간에 떨어뜨리기라도 하면 어쩔려고…."

이렇게들 떠들어대는 소리가 태종 무열왕 귀에까지 들어갔다.

소문을 들은 임금은 염려가 되기는 했지만 한편으로는 원효 대사를 굳게 믿었다.

"온 나라 사람들이 칭송하는 원효가 실수를 할라구."

임금의 측근자 중에 원효 대사를 싫어하는 사람들이 원효는 믿을 수 없는 사람이라고 간할 때마다 임금은 이렇게 말하며 그들의 말을 물리쳤다.

날이 갈수록 원효 대사가 술집을 찾아가는 횟수가 늘어갔다.

소 잔등에서 『금강삼매경』 풀이를 하고 있노라면 원효 대사를 태운 소가 그를 술집 문 앞에까지 데려다 놓는 일도 있었다.

글 쓰기에 정신 없던 원효 대사가 소가 움직이지 않고 서 있는 것을 느끼고 고개를 들어보면 술집 문 앞이었다.

"허어! 너도 내 마음을 아는구나."

그 때마다 원효 대사가 껄껄 웃었다.

임금에게서 『금강삼매경』을 받아들고 나온 지 한 달 후.

원효 대사는 그 어려운 금강 삼매경을 완전히 해석해 놓았다. 다섯 권이나 되는 긴 불경이었다.

원효 대사에게서 그것을 받아든 임금은 몹시 기뻐했다.

"대사, 정말 수고했소. 역시 대사요."

"대단치 않은 일입니다. 이젠 일이 끝났으니까 소승 절로 가겠습니다."

"아, 아니오. 조금만 더 머물렀다가…."

"일이 끝나지 않았습니까? 소승의 신도들이 기다리고 있을 것입니다."

"이 해석문을 듣고 싶소. 이것을 설법할 사람도 대사밖에 없는 것 같소. 곧 설법회를 마련하겠으니 이 경에 대한 설법을 해주고 가시오."

"그렇게 하겠습니다. 날짜와 장소를 연락해 주시면 준비를 하겠습니다."

원효 대사는 선뜻 승락을 했다.

임금이 아니라도 지금까지 설법을 청하는 사람이 있으면 마다해 본 일이 없는 원효 대사였다.

며칠 후, 임금은 금강경 설법을 황룡사에서 열어 달라고 연락을 해왔다.

원효 대사는 그 날에 맞춰 마음의 준비를 했다.

설법을 며칠 남겨 놓지 않은 어느 날이었다.

급히 대궐로 들어오라는 전갈이 임금에게서 왔다. 원효 대사는 무슨 일인가 하고 대궐로 들어갔다.

"무슨 일이옵이까?"

"큰일 났소, 대사."

"무슨 일인데요?"

"대사가 애써 만든 『금강삼매경』 번역본 다섯 권이 없어졌소."

"네에?"

"어떤 나쁜 놈이 집어간 모양이오."

"혹시 누가 잠시 보려고 빌려간 것은 아닐까요?"

"나도 처음에는 그런가 보다 했는데 며칠 동안 찾아보았는데 결국은 나타나지 않소."

원효 대사는 기가 막혔다.

세상에 도둑이 많다기로 불경을 도둑해 가다니, 이해가 가지 않는 일이었다.

"대사, 어떻게든 이 흉악한 놈을 잡아내고야 말겠소만, 그게 없으면 정한 날짜에 설법회를 못하게 될 것 아니오. 정말 딱한 일이오."

“……”

“대사.”

“네.”

“수고스럽지만 원본이 대사에게 있으니 다시 한 번 번역해 줄 수는 없겠소?”

“정하신 그 날짜 안에요?”

“그야 대사가 다시 해 준다면 날짜는 물리더라도 무방하니까.”

“아니옵니다. 다시 해 보지요.”

원효 대사는 대궐에서 물러나와 다시 소 잔등 위에서 『금강삼매경』 풀이를 하기 시작했다.

해석은 정해진 날짜에 맞춰 새롭게 완성되었다.

두 번째 번역을 하면서 원효 대사는 처음의 불완전한 것을 다시 고치고, 필요 없는 대목을 빼 버리고 해서 세 권으로 줄여 만들었다.

원효 대사는 이것을 가지고 태종 무열왕과 왕비인 문명 왕후를 비롯한 왕족과, 문무 백관과 수백 명의 황룡사 스님들이 참석한 자리에서 『금강삼매경』을 강론했다. 요석 공주도 아들 설총을 데리고 구석 자리에 앉아서 법을 들었다.

법회는 대 성공이었다.

얼마나 훌륭한 설법이었는지 감격해서 우는 사람들도 많았다.

지금까지 원효 대사를 욕하고 시기하던 무리들도 고개를 숙였다.

“원효 대사는 산 부처다.”

“원효 대사는 성인이다.”

　사람들의 입에서 이런 말이 절로 튀어 나왔다.

　사람들의 귀에 아직도 생생한 원효 대사의 법문이 남아 감격하고 있을 무렵 그는 다시 불지촌으로 돌아왔다.

　마음만 먹으면 임금의 곁에서 얼마든지 호화로운 생활을 할 수도 있었다.

　그러나 그는 모든 것을 떨쳐 버리고 낡은 절에서 때 묻고 찢어진 헌 누더기 옷을 입고 살았다. 때로는 거지, 부랑배, 산적들, 문둥병자들과 함께 지내면서 그들의 마음의 빛이 되어 주었다.

　그러면서 불경 해석의 일을 계속했고, 불서 저술의 일을 쉬지 않았다.

아들 설총

요석 공주는 설총을 정성 들여 키웠다.

신라에서 문장으로 이름 높은 분이 세 분이 있었는데, 설총은 그 세 분 가운데의 한 분이었다.

그 중 한 분은 강수라는 사람이었고 또 다른 한 분은 최치원 선생이다.

설총의 가장 큰 업적은 이두를 만들어 정리해 낸 것이었다.

이두는 한문 글자의 음과 새김을 빌어서 한국식으로 읽는 맞춤법이다.

그 때에는 한글이 없었던 시대였기 때문에 중국의 한자를 썼었다.

그러나 한자는 쓰기도 어렵고 우리 말로 적을 수 없는 글자도 많았다.

그래서 생각해 낸 것이 이두라는 것이었다.

그 후 수백 년 뒤에 조선 제4대 임금이신 세종 대왕이 정인지, 성삼문, 신숙주의 힘을 빌어 순 우리말인 한글을 만들었다.

한글은 배우기 쉽고, 과학적이고 짜임새 있고, 독창적인 글이다. 세계에서 어느 나라도 따를 수 없는 으뜸글인 한글의 밑바

탕은 따지고 보면 설총이 만든 이두라고 할 수 있다.

설총은 아주 영리해서 일찍부터 학문을 깊이 깨우쳤다.

그래서 늘 태종 무열왕과 문무왕의 총애를 받았다. 문무왕 다음에 왕위에 오른 신문왕도 그의 재주와 학문을 사랑하고 언제나 곁에 두고자 했다.

어느 달 밝은 밤이었다.

신문왕은 다른 날과 같이 설총을 불렀다.

"달이 밝고 바람도 맑아 오늘 같은 날은 음악이나 술을 피하고 대신 좋은 이야기를 하고 지냄이 어떠할꼬?"

뜨락에서는 꽃 향기가 은은하게 풍겨 오고, 구름 한 점 없는 하늘에 걸린 달은 가슴이 설레이도록 밝았다.

"좋사옵니다."

학자인 설총은 시끄러운 음악이나 술을 마시고 떠드는 것을 싫어했다.

"그러면 먼저 총의 이야기를 듣기로 하지. 좋은 이야기가 있을까?"

"변변치 않은 이야기를 한 가지 알고 있는 것이 있사옵니다만…."

"그럼 들어볼까? 어서 이야기해 보라."

"옛날에…."

설총은 나직하고도 또렷하게 이야기를 시작했다.

꽃들이 모여 사는 꽃 나라가 있었습니다.

꽃 나라의 꽃 임금이 여러 꽃 동산을 둘러 보려고 대궐에서

아들 설총

나섰습니다.

"옳거니, 이 기회에 잘 보여야지."

꽃 임금을 맞이하게 된 꽃 동산에서는 대단히 분주해졌습니다.

임금의 비위를 맞추기 위해서 야단들이었습니다.

갖가지 꽃들은 아름답게 몸 단장을 하고, 몸에서 향기가 많이 나도록 향수를 뿌리고 꽃 임금 앞에 나섰습니다.

자연스럽지 못하고 손으로 꾸민 억지 아름다움이었습니다.

"너희 꽃 동산의 꽃은 다른 동산의 꽃보다 한결 아름답구나. 향기도 다른 동산의 꽃 향기보다 한결 더하고."

임금은 손으로 꾸민 아름다움을 눈치채지 못하고 겉만 번드레한 꽃들을 보고 입에 침이 마르도록 칭찬을 했습니다.

"마마, 그렇사옵니다. 저의 동산에 있는 꽃들은 항상 몸을 가꾸고 향기를 더하기 위해 쉴 새 없이 노력했기 때문이옵니다."

꽃 동산의 주인 꽃이 임금 앞에 머리를 조아리고 아첨을 떨었습니다.

임금은 그 말을 그대로 곧이들었습니다.

"정말 그렇구나. 다른 동산의 꽃들에게 이 동산 꽃들의 부지런한 점을 알리기 위해서 누구 하나를 데리고 가서 보여 주어야겠다. 어떤 꽃을 데리고 가면 좋겠느냐?"

꽃 임금이 물었습니다.

바로 그 옆에 기다리고 있었다는 듯, 아름다운 한 꽃나무가 꽃 임금 앞으로 걸어 들어 왔습니다.

장미였습니다.

향기가 코를 찌르고 아름답기가 비할 데 없었습니다.

아들 설총

“오, 참으로 아름답구나. 처음 보는 꽃인데 이름이 무엇인
고?”

“장미라고 합니다.”

“장미라… 어쩌면 이렇게도 아름다울꼬?”

꽃 임금은 눈이 부신 듯이 바라보았습니다.

이것을 본 꽃 동산 꽃은 간사스런 소리로,

“어떻습니까 대왕님, 데리고 가시렵니까?”하고 꽃 임금의 눈
치를 살폈습니다.

꽃 임금은 자못 만족한 듯 고개를 끄덕였습니다.

그 때였습니다.

별안간 밖에서 거친 말 소리와 함께 얼핏 보기에는 아주 볼

품 없는 꽃 하나가 꽃 임금 앞으로 뛰어들어 왔습니다.

백일홍이었습니다.

백일홍은 꽃 임금 앞으로 와서 공손히 절을 한 다음 입을 열었습니다.

"대왕 마마, 겉모습만 보고 판단하시면 속에 든 진짜의 모습을 볼 수 없습니다. 듣기 좋은 말씀만 들으시면 진정으로 바로 아뢰는 사람이 없사옵니다. 보시옵소서. 차라리 저를 데리고 가시옵소서."

꽃 임금이 얼굴을 찌푸렸습니다.

'어디에서 저렇게 못 생긴 것이 들어와서….'

꽃 임금은 결국 장미를 선택했습니다.

"이 나라가 잘되기는 틀렸구나. 임금이 겉모습만 보고 판단을 하고 있으니 그의 주위에는 온갖 아첨하는 무리들이 들끓겠어. 무릇 임금은 바른 말을 아뢰는 자를 가까이해야 하거늘 겉모습만 번드레한 것을 보고 가까이하려고 하다니…. 무릇 얼굴 예쁜 여자를 가까이한 임금치고 망하지 않은 나라가 없었지. 하히는 진나라를 망쳤고, 서시는 오나라를 망쳤고, 주나라는 달기 때문에 망하였고…."

꽃 임금이 그제서야 깨달았습니다.

이야기를 마친 설총은,

"아무 재미도 없는 이야기이옵니다."하고 고개를 숙였다.

신문왕은 고개를 끄덕였다.

"총은 재미없는 이야기라 하지만, 짐은 총의 뜻을 알겠도다.

임금의 잘못을 지적해 주는 신하를 많이 가까이 두어야 어진 정치를 할 수 있다는 뜻이겠지. 흥, 정말 좋은 풍자다. 우리 같은 나라를 맡은 사람들이 반드시 기억해 두어야 할 더없이 좋은 이야기이니 그대로 버리지 말고 글로 써 두었다가 모든 임금에게 경계하는 이야기로 삼게 하면 좋겠다.”

“알겠사옵니다. 마마.”

설총은 왕명대로 자신이 지어낸 이 꽃 임금 이야기를 글로 써 놓았다.

이것이 바로 저 유명한 화왕계라는 이야기였다.

아들 설총

떨어지는 별

신문왕 6년 3월.

나라의 큰 별 하나가 스러지는 날이었다.

원효 대사께서 열반을 한 것이다.

열반이란 스님들이 세상을 떠난다는 것이다. 원효 대사께서 열반을 한 것은 단군 기원으로 3019년이고, 서기 686년의 일이다.

언제나 가난한 사람들, 고통받는 사람들 편에 서서 그들의 고동을 함께 나누었고, 그들의 마음 속에 불법을 심어 언제나 희망에 살도록 했던 원효 대사, 이 나라 민중들에게 불법을 펴나가는 데 우뚝한 기둥이 되었던 원효 대사.

대사의 열반 소식을 들은 전국 방방 곡곡에 있는 신도들은 땅을 치고 통곡하였다.

그들은 가까운 절로 찾아가 원효 대사의 명복을 위해 불공을 드렸다.

어느 절에서든지 원효 대사의 명복을 위한 불공이 일제히 올려졌다.

아들 설총은, 원효 대사의 시신을 서라벌로 모시고 와서 장례를 지냈고, 그 유해를 가루로 만든 다음 원효 대사의 모형을 만들어 분황사에 안치했다.

그리고 애통한 마음으로 예배를 올렸다.

그 때 갑자기 원효 대사의 모형상이 절하는 설총을 향해 고개를 돌리는 이적(이상스럽고 불가사의한 일)을 나타냈다.

그 걸 보고 세상 사람들은 이렇게 말했다.

'대사께서 아들 총을 낳아 놓고도, 단 한 시간도 함께 지내지 못했으므로 죽은 뒤에나마 똑똑히 아들을 보려고 그랬을 거야.'

그 때 돌려진 이 원효 대사 형상의 고개는 고려 때까지 그대로 있었다고 한다.

한 세기에 한 명 날까말까한 대성인 원효 대사의 모습은 이 세상에서 떠났다. 일찍이 대안 스님이 예언했던 대로 화엄 종주가 되어 이 땅에 새로운 불교를 일으켜 놓고 떠난 것이다.

원효 대사가 세상을 떠나 열반에 드신 뒤 원효 대사의 명성은 더욱 더 높아졌다.

원효 대사가 생존했을 때에는 대사를 시기하고 미워하던 승려들도 원효 대사의 거룩한 행적에 머리를 숙였으며, 그 제자들은 원효 대사의 불법을 계승하고자 신라 특유의 종파인 해동종을 세웠다.

해동종이란 당나라의 어느 종파에도 속하지 않는 것은 물론이고, 신라에서 원효의 사상을 토대로 새롭게 창종된 것이다.

이렇듯 해동종을 만든 것은 당나라에서도 무어라 탓하지 않았다. 그만큼 원효 대사의 불법이 인정되었기 때문이었다.

　원효 대사가 열반한 뒤 요석 공주도 머리를 깎고 불제자가
되었다.
　또한, 원효 대사가 세상을 떠난 지 415년 뒤에 고려 임금 숙
종은 ‘대성화쟁국사(大聖和諍國師)’라는 칭호를 내려 원효 대
사의 위대한 업적을 영원히 기리라고 명령했다.

불광출판부에서 펴낸 불서(佛書)들

불광출판부에서는 불교신행생활에 지침이 되는
불교경전을 평이한 오늘의 언어로써 쉽게 설명하여 발간하고,
선사(先師)들의 가르침을 통해 우리의 믿음이 자랄 수 있도록
적합한 내용을 선정하여 부처님의 말씀을 오늘의 생활인에게
직접 이어주며, 우리의 생명에 불멸의 불꽃을
지펴줄 책들을 출판하고 있습니다.

내 아픔이 꽃이 되어 — 3

김재영 지음

우리 십대들만이 가지는 슬픔. 어른들은 성숙의 과정이라 쉽게 치부 하지만…. 우리나라 청소년 문제는 단지 청소년만의 문제가 아니다. 이 책은 십대들만의 시리도록 아픈 사연, 맞닥뜨려 있는 고통과 절망을 현직교사인 필자의 따사로운 관심과 애정으로 지혜와 희망의 꽃으로 바꾸어 나가는 노력의 결과다. 풋풋한 사랑을 지니고 고민을 집요하게 풀어나가려는 십대들에게 꼭 권하고 싶은 책이다.

구름 위의 연꽃나라 — 1

이민진 지음 · 성륜 스님 그림

이 책은 운문사 승가대학을 졸업한 비구니 학인 스님들(아동복지 시설인 대자원 어린이들을 위해 운문사 승가대학 28회 졸업생, 26명의 스님들이 만든 '나누는 기쁨 장학회'회원)이 만들어준 동시집이다.

부모와의 짧은 인연에 대한 슬픔도, 부처님과의 대화도 다 아름다운 시로 노래하는 작은 꼬마 시인 민진이.

비록 어려운 환경에 살지만 결코 슬프거나 어둡지 않은 민진이의 동심(童心) 속에서 우리는 부처님 마음을 온전히 읽을 수 있을 것이다.

이 책에 실린 123편의 민진이 동시집 속의 그림은 성륜 스님이 기쁜 마음으로 그려주셨다.

착하고 슬기로운 어린이를 위한
연꽃들의 모임 ——— 2

불광출판부 펴냄

모든 세상이 부처님 진리의 세계인 연꽃마을이 되기를 바라면서 끝없이 쉬지 않고 연꽃을 띄워 보내는 연꽃마을 이야기로 시작되는 이 책은 본격 어린이 법회 교재이다.

부처님을 믿는다는 것은 연꽃회원이 하는 일, 어린이 오계 발원문, 예불문, 천수경, 포살, 부처님의 일생과 가르침, 부모님의 열 가지 은혜, 기초 교리, 찬불가 등을 법회 순서에 맞게 배열하여 편집했다.

예쁜 그림과 함께 쉽고 재미있게 엮은 이 책은 어린이들을 맑고 밝게 성장시키는 어린이법회 지도교사들의 고민을 해결해주는 좋은 교재이다.

부처님이 좋아요 —— 3

이정문 글 · 그림

20세기는 스크린과 TV에 의한 시각의 시대라고 한다. 이미 오백여 년 전 중국에서는 불경에 알기 쉬운 그림을 첨가하여 법회를 열었던 기록이 있기도 하다. 이러한 시대적 역사적인 요구는 현대에 있어 '만화'라는 형태로 재확인되고 있다고 본다.

하기에 그동안 「불광」을 통해 재치있고 유머러스한 모티브로 편안한 신심을 불어 넣어왔던 「달공거사」를 한 편의 책으로 엮어 보았다.

만화의 대상이 이미 청소년은 물론 기성세대 전반에까지 확대된 요즘 우리의 문화 현실 속에서 이 책은 건전한 웃음과 해학 그리고 그 속에 오롯이 깃든 뼈 있는 법어를 독자들에게 전달해줄 것이다.

부처님이 최고야 —— 4

이정문 글·그림
『부처님이 좋아요』에 이은 두번째 불교 만화집인 이 책은 우리의 보통 가정에서 일어날 수 있는 일상사 속에서 부처님의 말씀을 되뇌이게 하고 있어 생활 속에 배어드는 부처님의 숨결을 느끼게 한다.
1993년 제3회 한국만화문화상을 수상한 이정문 씨의 유머와 재치는 어린이들에게 권해줄만한 책이 없는 요즘 온 가족이 함께 볼 수 있는 건전한 웃음과 해학, 아울러 우리의 생활 속에 깃들어 있는 뼈있는 법어를 특히 어린이들에게 제대로 전달해 줄 것이다.

어린이 천수경 —— 5

글·김호성   그림·이정문
부처님의 말씀인 경전을 직접 어린이들에게 읽히기 위해 쓰여진 어린이 천수경은 '어떻게 어린이들에게 경전을 가르칠 수 있을까. 어린이들에게 천수경을 가르치는 것이 가능한가'에 대한 우려를 불식시키고 있다.
그동안 '천수경 이야기' 100만인 읽기운동을 펼치며 천수경 신행운동을 펼쳐온 김호성 법사님이 어린이를 위한 천수경 이야기로 이 책을 내놓았다. 동시와 동화, 그리고 큰스님들의 재미난 일화를 곁들여 재미나게 천수경을 공부할 수 있게 했다.
어린이들이 쉽게 천수경을 이해하며, 동시에 독서와 사색의 폭을 넓혀 주고 있어 주입식의 사고방식에서 벗어나게 해줄 것이다. 어린이들이 직접 읽으면서 공부할 수도 있지만 어머니 아버지와 함께 공부하거나 어린이 법회 교재로도 좋은 책이다.

어린이 불교학교 지침서 —— 6

성일스님 지음
20여년 간 대중교화, 특히 어린이 포교에 혼신의 힘을 기울여 온 경기도 화성 신흥사 수련원 성일 스님이 그동안 해온 어린이 불교학교 자료를 모아 단행본으로 엮었다.
어린이 포교의 필요성과 방안, 여름과 겨울 어린이 불교학교 일정과 프로그램, 어린이 불교학교에 필요한 자료와 놀이지도, 설법예화 등 어린이 불교학교에 필요한 교육자료들을 자세한 설명과 관련 사진들을 함께 수록하고 있어 어린이 법회를 이끌고 있는 스님이나 지도법사, 교사들에게 실질적인 교육 교재가 되고 있다.

불교위인전 · 원효성사

진흙 속에 피는 연꽃

1994년 7월 5일 초판 발행
1999년 6월 5일 초판 2쇄

지은이/이슬기
그림/한상린
펴낸이/봉화영
펴낸곳/불광출판부

138 · 190 서울 송파구 석촌동 160 - 1
대표전화 420 · 3200
편 집 부 420 · 3300
팩시밀리 420 · 3400
등록번호 제 1 - 183호(1979. 10. 10)
ISBN 89 - 7479 - 456 - X

◉ 잘못된 책은 바꾸어 드립니다.
값 5,500원